Cómo ser una mujer
y no morir en el intento

750

Novela

Carmen Rico-Godoy
Cómo ser una mujer y no morir en el intento

temas 'de hoy.

© Carmen Rico Carabias, 1990
© Ediciones Temas de Hoy, S. A. (T. H.), 2003
   Paseo de Recoletos, 4. 28001 Madrid (España)

Diseño e ilustración de la cubierta: Opalworks
Ilustraciones interiores: LPO
Fotografía de la autora: © Mariano Casado
Primera edición en Colección Booket: mayo de 2003

Depósito legal: B. 15.395-2003
ISBN: 84-8460-245-1
Impreso en: Litografía Rosés, S. A.
Encuadernado por: Litografía Rosés, S. A.
Printed in Spain - Impreso en España

Biografía

Carmen Rico-Godoy nació en París el día en que acabó la Primera Guerra Mundial. Se perdió en el Oriente Express y volvió a España en 1970, año en el que empezó a trabajar en *Cambio 16*.

Es autora de *La costilla asada de Adán*, *Cómo ser una mujer y no morir en el intento*, *Cortados, solos y con (mala) leche*, *Cómo ser infeliz y disfrutarlo*, *Cuernos de mujer*, *La neurona iconoclasta*, *Fin de fiesta* y *Tres mujeres*, una obra magistral que reúne sus bestsellers: *Cómo ser una mujer y no morir en el intento*, *Cómo ser infeliz y disfrutarlo* y *Cuernos de mujer*. Como guionista realizó la adaptación al cine de sus obras y colaboró, entre otros, con Manuel Gutiérrez Aragón y Gonzalo Suárez en *Los pazos de Ulloa*, y con Fernando Trueba en *Miss Caribe*.

Carmen Rico-Godoy falleció en Madrid en setiembre de 2001.

INDICE

I. El verano

CUANDO YO NO QUIERO, EL SIEMPRE QUIERE

Mi vida es bastante complicada. Tengo tres hijos y tres maridos. Siempre me dijeron las brujas y echadoras de cartas que mi número mágico era el tres. Aunque no sé muy bien qué tiene de mágico mi tercer marido, por ejemplo, que es este señor que está tumbado en la hamaca de la playa próxima a la mía y emite ronquidos sin preocuparse del qué dirán.

Claro que en esta playa demencial nadie se preocupa de nadie. Yo no quería venir a Marbella este año y menos en agosto. Alguien debería tomar una decisión definitiva con respecto a este mes: eliminarlo del calendario o quizá modificar el sistema de enseñanza, de forma que el colegio de los niños empezara en junio y nadie pudiera irse de vacaciones en agosto.

Casi todo lo que sucede en dicho mes es malo, incluido mi cumpleaños, que es el día 30. Cada día resulta más corto que el anterior. Cuando no hace calor tórrido, sopla el viento o se desencadenan tormentas increíbles. Para mí lo peor es lo segundo. El viento me vuelve mucho más loca de lo que mi marido y ex maridos dicen que estoy. Y si realmente estoy tan pirada es por culpa de ellos y del viento. A mi perra Ada también le destroza la moral. Ada —por la heroína de la novela de Nabokov, hay que aclarar, porque mucha gente cree que es un diminutivo de Adelaida o algo así— cuando hay Levante se mete debajo de la cama y no sale ni para mear.

A mí también me gustaría meterme en la cama cuando corre este viento, como hoy. Pero Antonio, mi tercer marido, ha insistido que había que bajar a la playa, Levante o no Levante.

—Bueno, pues baja tú. Yo me quedo en casa. Tengo cosas que leer y además hoy me gustaría cocinar, por ejemplo. Pero lo que no me apetece es ir a la playa.

Eso le dije mientras fregaba los cacharros del desayuno.

—Que no. ¿Cómo te vas a quedar aquí? ¿No te gustaba tanto el mar? ¿No hemos venido aquí para ir a la playa? Además qué vas a guisar si comemos allí y luego vamos a cenar con Mariano y Chelo.

—¡No, no, por favor, con Mariano y Chelo, no! ¡No me habías dicho nada!

—Pero si te lo dije anoche. Llamaron seguramente cuando tú estabas en el jardín y quedamos para cenar hoy. Además, son bastante simpáticos, a ti te tienen mucho aprecio y Mariano es muy divertido.

—Mucho. Un día de estos le quita el puesto a Martes y Trece.

Antonio se acercó a mí, atravesó incólume mi aura de mala leche y mis radiaciones de ira y me dio un beso suave en el cuello, acto que siempre me ha parecido un gesto de ternura irresistible. Así que le dije devolviéndole el beso:

—Está bien, está bien. Iremos a cenar con tu amigo

Mariano, siempre que este viento no se lleve por delante los restaurantes.

—Que no, mujer. Venga, vamos a la playa un rato. Los días como hoy hay menos gente y el mar está precioso y más limpio.

—No, en serio, yo me quedo aquí.

—Sin ti me aburro. Si tú no vas, yo tampoco.

¡Oh, cielos! ¿Por qué caigo siempre en la misma trampa? ¿Por qué soy presa tan fácil del chantaje sentimental? ¿Por qué no puedo decir simplemente con voz serena y amplia sonrisa: «Ya verás como sin mí no te aburres. Anda, vete a la playa, que yo me quedo aquí. Mi amor, te quiero mucho.»?

Soy incapaz. En casos así inevitablemente hago siempre dos cosas: una, reprocharle con malos modos su prepotencia, egoísmo y falta de respeto hacia lo que yo tengo o no tengo ganas de hacer; dos, acompañarle a la playa de mala leche, disimulando la frustración y el disgusto de estar haciendo algo que no quiero hacer.

—Vale, tío, vale —dije soltando el delantal airadamente, y me fui al dormitorio.

Metí con una brusquedad fuera de lugar en una bolsa de playa el bronceador, las toallas, la radio portátil, el libro que estoy leyendo, dos camisetas, el monedero, las llaves, una lima de uñas, un peine de púas gordas, el suplemento de *El País* del domingo pasado, un bolígrafo para hacer los crucigramas, una gorra con visera y una manzana. Es increíble la cantidad de cosas que se necesitan en la playa.

—Venga, vámonos ya. Cuando quieras —le dije, poniéndome delante de él, un tanto desafiante, con la bolsa en la mano izquierda y las llaves del coche en la derecha—. ¿Conduces tú o conduzco yo?

En su mirada veía yo con claridad que me estaba pasando de la raya. Mi primer marido me habría dado ya dos hostias y a esta altura de la *soirée* —en este caso de la *matinée*— estaríamos en plena batalla campal. Claro que João era brasileño y los brasileños, y en especial João, van al grano mucho más deprisa que los demás mortales.

—Lo que quiero decir —continué, dejando la bolsa de playa en el suelo— es que ¿por qué tengo yo que hacer siempre lo que tú quieras? ¿Por qué no puedo hacer lo que yo quiero?

Antonio cerró el periódico, lo dobló torpemente y me miró. Su mirada se había dulcificado o al menos reflejaba la indiferencia habitual, cosa que me tranquilizaba. Tenía la sensación de haber pasado por delante de un pelotón de fusilamiento armado y apuntando y haber salido ilesa. El súbito mal humor que me había invadido parecía haberse evaporado dando paso incluso a cierta euforia. Antonio se levantó, cogió de mi mano las llaves del coche, del suelo la bolsa de la playa y dándome un beso en la sien preguntó:

—¿Estás con el período? —y después añadió—: El perro no viene, que conste.

Ada había salido de su refugio bajo la cama y cuando me vio con la bolsa de playa en la mano, vino detrás de mí y esperaba sentada pacientemente junto a mis piernas, decidida a ir a la playa.

—¡No es un perro! ¡Es una perra y se llama Ada! ¡Y no me hace falta tener el período para no querer ir a la playa!

Reconozco que grité bastante. Demasiado. Envidio a los actores que conocen bien su voz y pueden graduarla. Yo soy incapaz, paso de hablar normal a gritar casi sin interrupción. No tengo esos medios tonos de amenaza, enojo contenido, rabia. Yo directamente grito, y en este caso sobre todo porque Antonio estaba a punto de abrir la puerta de la calle y si no grito no me oye.

Me oyó, claro, pero hizo como que no me había oído y desapareció en el exterior bajando los escalones que separaban la casa del jardín.

Sin ningún tipo de solidaridad, Ada corrió hacia la puerta abierta y se precipitó escalones abajo dejándome a mí absolutamente sola, y he de decir que bastante agitada y traspuesta. El cuerpo me pedía hacer algo sonado, importante, espectacular. Pero mi situación era de inferioridad: abandonada en casa, sin la bolsa de playa, sin las llaves del coche, sin mi perra y sin dinero, porque el monedero estaba en el esportillo.

Una ráfaga de viento cerró la puerta de la calle con violencia. El portazo resonó en mis ovarios, aunque no, señores, no tenía el período. Lo que tenía era el Levante metido en el cerebro y en las vísceras y un ataque mañanero de aburrimiento vital.

Salí afuera y fui hacia el coche que estaba ya en marcha. Antonio estaba encendiendo un puro. Ada, en el asiento de atrás, olfateaba con las orejas enormes al viento. Por si no lo he dicho antes, mi perra es una *basset-hound,* esa raza de perros recios y robustos, bajitos y largos, con ojos grandes y tristes y enormes orejas caídas. Me la regaló un novio que tuve entre mi segundo marido y Antonio. Decía que se parecía a mí, el muy estúpido. Yo no soy muy alta, de acuerdo. Con un metro sesenta no se ganan concursos de modelo. Pero estoy bien hecha: 85-60-85. Tengo ojos grandes, oscuros y tristes y uno de ellos lo tuerzo un poco, casi no se nota, sólo cuando estoy muy cansada o trompa. Llevo ga-

fas porque con el ojo chungo veo poco. Me gustan las
gafas como objeto y me resultan infinitamente más có-
modas que las lentillas, que son un auténtico coñazo.

Así que no sé por qué el gilipollas aquél pensó que
Ada y yo nos parecíamos. Ada es absolutamente impre-
visible e indisciplinada. Nunca se puede saber lo que va
o no a hacer. Tiene infinitas manías y preferencias. Sin
embargo es una buena perra; cariñosa con quien le gusta, dócil cuando quiere y adorable cuando le apetece. Pero
si se pone a ello, puede resultar insoportable.

Ada, que se supone que es mi perra, en cuanto vio
que Antonio cogía la bolsa de playa y las llaves del coche se fue tras él sin esperarme a mí tan siquiera. Es pro-
bable que el perro sea el mejor amigo del hombre, pero
desde luego una perra *basset-hound* nunca es la mejor
amiga de nadie más que de sí misma.

Me acerqué al coche, abrí la portezuela y me senté
dentro.

—Si vas a dar un portazo recuerda que es TU COCHE
—dijo Antonio con una media sonrisa mientras exhala-
ba humo azul de su puro, que olía maravillosamente, todo hay que decirlo.

—Dime una cosa, Antonio, ¿por qué me tienes que
tocar siempre los cojones de esa manera?

—Siempre me gustó tu manera de hablar delicada y
suave, tan femenina.

—¿A ti qué te importa si tengo el período o no?

—Está demostrado que cuando os llega el período estáis más sensibilizadas, más irascibles y perdéis los nervios con más facilidad. Y eso, aunque tú te empeñes en
negarlo, es un hecho. No hay por qué ocultarlo ni ofen-
derse de esa manera. Si tienes el período, pues lo com-
prenderé y seré más prudente. Aunque en tu caso, Car-

mencita, no es necesario que te venga para que te salgas de madre sin razón aparente.

—O sea, que además soy una histérica.

—Yo no he dicho que seas una histérica. Lo que he dicho es que de repente pierdes el control y te pones agresiva sin razón.

—Sin razón, no. Casi siempre tengo un motivo.

—¿Qué motivo tenías hoy para ponerte grosera, a ver? Te levantas de mala leche casi siempre. Digamos que por misteriosos motivos biológicos y psicológicos, y yo lo entiendo, por eso intento no hablarte hasta que te has tomado veinticinco cafés.

—¡Oh, cuánta comprensión! Tú tampoco te levantas muy simpático.

—Me estás liando o intentando liar. Mira, si no quieres ir a la playa lo dices y ya está.

—¡Pero si lo dije! ¡Dije que no quería ir a la playa! Y tú me hiciste chantaje sentimental, ¿recuerdas? Me dijiste: anda, vente a la playa conmigo, cariñito, que si no me aburro.

—Yo no te dije cariñito. Prefiero estar contigo, pero si tienes que venir de mala hostia, prefiero que no vengas.

—Un momento. Vamos a ver. Tú me dices que vaya a la playa contigo. Yo te digo, no quiero. Y tú en lugar de decir «vale, pues si no quieres venir, mi amor, quédate en casa», no, tú dices que quieres estar conmigo, que solo te aburres y juntos lo pasamos mejor y que vaya contigo. O sea, que me obligas a ir con malas artes y algo dentro de mí se rebela. Porque, de alguna manera, tú siempre sabes lo que quieres y lo haces, y yo casi nunca sé lo que quiero y cuando lo sé, no sé cómo hacerlo. Creo que tienes demasiada influencia sobre mí y eso me asusta bastante.

—Tú tienes muchísima más influencia sobre mí que yo sobre ti y a mí no me importa lo más mínimo.

—Ya, es una frase muy bonita. ¡Qué ternura!

El perfil de Antonio concentrado en la conducción del coche, con una mano en el volante y la otra en la palanca de cambios, era muy atractivo. Antonio es un señor que está muy bien, francamente. Y la verdad es que le favorecía mucho mi Volkswagen descapotable. En ese momento Antonio respiraba poder, seguridad y control sobre sí mismo y sobre el mundo.

—Ya empezamos con el sarcasmo. Oye, vamos a dejarlo que no estoy yo para análisis a estas horas de la mañana.

Pero Antonio quiso poner el punto en la i.

—Por ejemplo, siempre he odiado los perros, y aquí me tienes llevando en coche a la playa a este monstruo. Reconoce que Ada y yo nos llevamos bastante bien.

—Probablemente el mérito sea de Ada.

Mirando hacia el mar me tropecé con mi imagen en el espejo retrovisor de mi asiento. Se me había olvidado darme la crema hidratante después de la ducha y tenía la cara acartonada y las líneas de la boca marcadas y duras. Las gafas oscuras disimulaban y arreglaban un poco el conjunto, si no hubiera sido por el pelo que caía sin brillo y sin forma a ambos lados de la cara. Sonreí, a ver si arreglaba algo, pero fue peor: unos dientes amarillos aparecieron.

—Estoy horrenda, es increíble.

Después de una rápida mirada, Antonio dijo:

—Tienes que tomar el sol, tienes color de ciudad.

—Podías ser un poco más fino y decirme que no, que tu mujercita está preciosa.

Antonio sin mirarme sonrió incrementando hasta cotas

insospechadas su atractivo. En ese momento deseaba con todas mis fuerzas que nos estrelláramos contra un camión. Se acabó su atractivo y también mi fealdad; se acabó su superioridad y mi inferioridad, su control y mi descontrol. KAPUT, FINITO, TODO DE GOLPE.

Según llegábamos al aparcamiento próximo a la playa, rebosante de coches, delante de nuestras narices un automóvil abandonaba un lugar grande y espacioso. Sin necesidad de frenar o reducir la marcha, Antonio colocó suavemente nuestro coche en aquel sitio.

—No me explico por qué tú siempre encuentras sitio para aparcar con facilidad y yo en cambio tengo que dar vueltas y vueltas durante horas hasta que encuentro uno —dije bajando del coche—. ¿Qué pasa, que el tipo que acaba de irse sabía que ibas a venir tú, te ha olido llegar o le tenías contratado para que te guardara el sitio?

—Casualidad, suerte, chorra, como quieras llamarlo.

—El problema es que siempre es lo mismo, la misma casualidad, la misma suerte.

—Venga no seas pelmaza. A todo tienes que sacarle punta.

LA BATALLA EN LA PLAYA

Iba delante de mí seguido de Ada. Ambos caminaban descalzos por la arena abrasadora con absoluta normalidad, como si lo hicieran por la Gran Vía de Madrid. Era el primer día de playa después de dos años sin vacaciones. A mí se me hundían los pies calzados con unas alpargatas de cuatrocientas pesetas y la bolsa de playa al hombro me pesaba como un saco de piedras.

—A ver ahora tu suerte si funciona para encontrar dos hamacas libres en este follón.

Miles de personas se apiñaban en la orilla del mar, instaladas en cuatro filas de hamacas con toldillo corrido. En la orilla, cientos de niños entraban y salían del agua y jugaban con la arena húmeda, grupos de jóvenes se hacían aguadillas, dando grandes gritos y luciendo cuerpos insultantemente perfectos. Señoras gordas sentadas en el borde del agua dejaban que el mar entrara por entre sus muslos y sonreían beatamente cuando les llegaba la olita. Algún nórdico rubio y fuerte se preparaba para salir en la tabla de *wind-surf.*

Olía a sudor y a bronceador de coco, a crema Nivea, a pis de niño y a boquerones fritos. Esta vez la suerte no le ayudaba a Antonio. Las doscientas hamacas estaban superocupadas.

Rodeado de jovencitas saltarinas vi al encargado de la playa, un tipo rechoncho y moreno que ya conocía de otros años. Tropezando con niños, neveras portátiles y mujeres desnudas fui hacia él:

—¡Pepe! —le llamé lo más alto que pude.

Pepe volvió la cabeza y yo volví a gritar: «¡Pepe!», esta vez agitando la mano. El tal Pepe me tenía a metro y medio, pero no crean ustedes que me vio. Dirigió la mirada hacia donde estaba yo y empezó a caminar en mi dirección. «Menos mal —pensé— que por fin lo conseguí.»

Pero Pepe siguió caminando, pasó por delante de mí ignorándome y continuó apretando el paso hasta llegar a donde estaba Antonio. Yo miraba atónita. Pepe saludaba cordialmente a Antonio dándole una palmada en la espalda. «¡Pasa contigo, macho-tío!», me imaginaba yo que le diría. Me sentía bastante derrotada, tenía calor, el bañador nuevo me tiraba en la entrepierna y me hacía polvo mis partes. «No se preocupe, cuando se moje se adaptará y ya no le hará daño», me dijo la gilipollas de la vendedora, y yo, más gilipollas aún, la creí.

Antonio y Pepe charlaban como amigos de toda la vida. Ada estaba ya metida en el agua, nadaba en círculos y sus orejas flotaban.

Caminé dando tumbos hasta donde estaban Antonio y Pepe justo cuando éste se iba a la parte alta de la playa.

—Nos va a traer las tumbonas nuevas.

—Pero este tío está tan imbécil como siempre. Fui a buscarle, le llamé, pasó delante de mí y no me vio. Pero a ti sí que te vio, entre todo el gentío. ¿Por qué no me ve? ¿Soy invisible o qué?

—No te cabrees otra vez, joder, que todo te fastidia, oye. A ver si le vas a montar un pollo al pobre Pepe, que lo único que quiere es ser amable.

—Y las propinas que le das, que vas por el mundo corrompiendo a la gente con esas cantidades desmesuradas. Luego hablamos de los políticos, de la ética y la madre que la parió, pero nosotros somos los primeros en incitar a la corrupción.

Pepe regresaba con dos hamacas y dos colchonetas.

—Les voy a poner aquí, que se está mu bien. A medio camino der shiringuito y del agua.

—Oiga, pero, ¿usted no se acuerda de mí? —le dije a Pepe.

—Claro, hombre, cómo no me voy a acordá dusté, aunque está un poco mas gorda.

—Anda, métete en el agua —Antonio intentaba que la tormenta no estallara, que no empezara a bolsazos con el Pepe de las narices o le regara de insultos—. Deja aquí la bolsa y vete a buscar a Ada, que no haga nada raro. ¡Que te bañes, coño!

MAS TIRAN DOS TETAS AJENAS QUE LAS CARRETAS PROPIAS

El agua estaba mucho más fría de lo que parecía a primera vista y de lo que dejaba imaginar la afluencia de bañistas. Pero me sentó bien el contraste. Nadé un ratito entre niños con flotador, señoras gordas y señores que flotan sin razón aparente con la intención de tocar casualmente alguna pierna o alguna teta.

Me sentía bien en el agua limpia y casi en paz con el mundo y con la vida en general. Pepe había desaparecido de mi mente. De repente, sentí que alguien chapoteaba violentamente alrededor e intentaba agarrarme por el cuello con brusquedad.

—¡Joder, Ada, que me estás hundiendo! ¡Quítate de aquí!

La perra me lamía la cara y apoyaba con torpeza sus patas delanteras en mis hombros. Estaba encantada de haberme encontrado en el agua. Resoplaba, pataleaba y jadeaba muy excitada.

—Vamos Ada, a casa, vamos. ¡Quita!

Las dos empezamos a nadar hacia la orilla. La gente nos abría camino y tenía reacciones encontradas. Unos decían que no deberían dejar que se bañaran los perros donde las personas, que es una guarrada, y otros le echaban piropos.

Salimos del agua casi entre aplausos.

Antonio, sentado en una hamaca, contemplaba con atención las tetas de la vecina de la izquierda, una mujer

adulta pero atractiva que tomaba el sol tumbada y ajena, aparentemente, a todo.

—Pero qué haces. La vas a azarar de tanto mirarla. Déjala en paz.

—A ella le gusta que lo haga. Sabe que la estoy mirando.

—Pero cómo le va a gustar. Ella está aquí tomando el sol, relajada, sin ocuparse de nadie y pretende que nadie se ocupe de ella.

—Eso no es verdad porque si fuera así no se pondría con las tetas al aire. Las mujeres que se ponen a tomar el sol en las playas concurridas con los pechos al aire son unas guarras y están provocando.

—¡Bueno, lo que me quedaba por oír a estas alturas, en mil novecientos ochenta y nueve!

—No te pongas así. A mí las tetas de las tías me ponen cachondo, qué quieres que te diga, y creo que a todos los tíos les pasa lo mismo. Entonces, disimular me parece una estupidez.

—O sea, las tetas de esta chorba te ponen cachondo.

—Cállate que a lo mejor es española y te está escuchando.

—Me importa un bledo. O sea, que te pone nervioso que me oiga y te parece bien que te la comas con los ojos. Los tíos sois la pera, en serio.

—Estás llamando la atención con tus gritos.

—¡No estoy gritando!

Antonio se tumbó bruscamente en la hamaca dándome la espalda, del lado, como por casualidad, de la tetona, que no había movido un músculo de su cara ni de su cuerpo.

—Yo creo que esa tía está en coma o es inflable —dije.

—¡Te quieres callar de una vez!

—¡Vale, no hablo más! ¡Ya está!

Me tumbé en mi hamaca y me quité la parte de arriba del bañador. Tenía los pechos absolutamente blancos. Pero también el resto del cuerpo. El sol del mediodía caía en picado sobre mi cuerpo. Me sentía vieja y grotesca. Me sentía desgraciada y triste. Me sentía sola, deprimida y cansada, rodeada de gente contenta, guapa y bien depilada.

El cuerpo de Antonio despedía agresividad y hostilidad hacia mí. Mi estado de ánimo empezó a girar lentamente como el sol implacable: El también se siente desdichado, infeliz, frustrado. Y todo por mi culpa, que hago una montaña de un grano de arena. Que saco las cosas de quicio continuamente. Le pido demasiado, le pongo a menudo al borde de lo imposible. Le achucho y le exijo mucho emocionalmente hablando. Es lógico que se sienta desdichado y deprimido a mi lado. Soy una gilipollas que no sabe contener su insatisfacción permanente, y en lugar de digerirla como pueda, se la vomito encima, como si él tuviera la culpa. Que la tiene, claro, pero yo debería hacer como que no. Tengo que controlarme. Juro que seré cariñosa y sensata, elegante y discreta al menos hasta la hora de comer.

—Dame un poco de abrasivo por la espalda.

La voz de Antonio me produjo el mismo *shock* que un bocinazo en la oreja.

—Tienes granitos en la espalda, deberías darte con el estropajo duro cuando te duchas. ¿De verdad crees que las tías se destetan en la playa para excitaros?

—¿No habías dicho que no volverías a hablar?

—¿Estás enfadado conmigo?

—Noooo...

—¿De verdad que no? Yo te quiero mucho, ¿sabes?

—Y yo también.

—Pues no lo dices con mucho entusiasmo.

—¡Ohh! ¿No te cansas nunca de hostigarme?

—Es que antes he estado muy borde, lo reconozco.

—¿Antes, cuándo?

—Yo comprendo que soy insoportable, que no te causo más que problemas y preocupaciones.

—Tengo hambre, vamos a comer.

—Para una vez que tenemos una conversación seria, tú tienes hambre. ¿No decías que no ibas a comer hoy? ¿No habías empezado ayer tu régimen?

—Tienes razón, se me había olvidado. Pero sigo teniendo hambre. ¿Has traído los periódicos? Les voy a echar una hojeada.

—Se me olvidó meterlos en la bolsa.

—¿Y mi libro?

—También, lo siento.

—Pues dame los calcetines, que me voy a dar un paseo.

—Tampoco metí tus calcetines.

El frío y el silencio hostiles invadieron súbitamente nuestro pedacito de playa. Antonio cogió mi libro y se tumbó a leer con mucha intensidad.

—Lo siento, oye. Yo no tengo por qué meter en la bolsa tus cosas. Las deberías meter tú mismo, ¿no te parece?

(SILENCIO.)

—¡Es que es la hostia! ¡Yo no soy tu madre! No pensé en tus calcetines, perdona.

(SILENCIO.)

Todos mis buenos propósitos a la mierda. Con los tíos no hay manera. Siempre cogiéndote en descuidos. La norma es: primero ellos y sus cosas y luego tú y las tuyas. Y cuando inviertes el orden, él siempre lo nota, él siempre se siente ofendido, él siempre lo saca a colación.

Una de las cosas que más me han cabreado esta mañana ha sido, además de lo del período que no tengo, pero que me va a venir, que cuando entré en el cuarto de baño a ducharme me lo encontré hecho un asco, el suelo lleno de agua —¿por qué no puede cerrar las cortinas de la ducha con cuidado?—, la toalla tirada en el suelo y el pijama húmedo en el bidé.

¿Por qué todos lo hacen igual? Aunque Luis era peor porque tenía el pelo largo y dejaba la ducha llena de pelos. Y una temporada entre maridos que viví con un tipo que tenía barba. Todas las mañanas estaba el lavabo lleno de pelitos; el tiempo que se ahorraba en no afeitarse lo empleaba en recortarse la barbita y el bigotito con unas tijeras pequeñas y los pelitos caían en el lavabo y allí se quedaban. Es la primera vez que me acuerdo de aquel demente, tiene gracia, tenía buenas manos y una gran sonrisa, pero es la pera, no me acuerdo cómo se llamaba, qué espanto... Manolo, no. Manolo fue uno con quien salí, pero nunca me acosté con él. No, no. Tenía un nombre muy raro como Hermógenes o Eulogio o algo así. Cómo es posible que no me acuerde, también es verdad que no me gustaba mucho y duró mes y medio. Era un osado; se metió en mi cama y en mi casa aprovechando que yo pasaba por una etapa rara. No pensaba más que en trabajar y ganar dinero.

Asombroso, como esa capacidad que tienen para quedarse dormidos profundamente en cinco minutos. Antonio ronca. Cara al sol, los brazos desmayados a lo largo del cuerpo, las piernas entreabiertas, ronca que te ronca. La tetona del otro lado ha encendido un cigarrillo.

Tiene el pecho terso y firme. Mira a Antonio asombrada por los ronquidos. Después me mira a mí y sonríe. Yo no devuelvo la sonrisa, es una guarra. Qué poca solidaridad tenemos a veces las mujeres entre nosotras. Si ella supiera, sin embargo, que la he defendido frente a Antonio… Claro que ahora no estoy tan segura de que se lo merezca, de que Antonio no tenga algo de razón. Es una guarra, sobre todo porque tiene una cintura que yo no he tenido ni a los veinte años. ¡Oh, la cochina envidia!

Ha empezado a correr una brisa deliciosa que trae el olor a mar, a agua salada. Es increíble lo bien que se está aquí, lo a gusto que se siente el cuerpo, libre de ropa, en contacto con la arena y con el sol. Bendito sea el sol que nos da luz, color y calor. Me siento bien. Mis hijos están bien, yo estoy bien, Antonio y Ada roncan. No se puede pedir mayor felicidad.

Cuando me desperté, Antonio no estaba en la tumbona. La tetona de al lado tampoco. Y lo que era infinitamente peor, Ada brillaba por su ausencia.

La parte delantera de mis muslos no ardía, abrasaba. Me subí el bañador y lancé un grito de dolor que hizo sonreír a los vecinos de hamaca. Que Antonio se hubiera largado a ligar con aquella guarra me parecía una putada, pero entraba dentro de la ley natural de las cosas. Pero que Ada hubiera abandonado su puesto junto a mí, el único ser que la acariciaba durante horas detrás de las orejas, me parecía algo insultante.

Me fui corriendo al agua. Mis alaridos ahuyentaron a los bañistas, que me miraban con extrañeza. Ha llegado la loca del día, deberían pensar. Pero puedo asegurarles queridos lectores que, en la piel quemada, la sal y el yodo del agua me producían la sensación de que me estaban desollando viva. Al principio, porque al cabo de

unos instantes el yodo y la sal comenzaron a aliviarme
bastante el picor hasta que casi me anestesiaron. Chapo-
teando tontamente en el agua y sin atreverme a salir,
divisé en el chiringuito a los tres traidores.

Antonio y la guarra estaban apoyados en la barra circular de madera y bambú. Ella se había subido el bañador, gracias a Dios. La muy asquerosa era más ALTA
y DELGADA de lo que parecía. Tenía una melena cortita
y lisa, morena y brillante. En cambio la barriga de Antonio se notaba más en posición vertical que en horizon-
tal. El pelo color miel de Antonio también brillaba. El
hablaba y ella se reía echándose el pelo hacia atrás con
la mano.

La imbécil de Ada, a los pies de ambos, esperaba
atenta a que alguno de los dos le diera aceitunas o patatas fritas. Como ni Antonio ni la guarra le hacían ningún caso, la perra les recordaba su existencia apoyan-
do, con gran delicadeza, su pata delantera derecha en
la pierna de Antonio.

Los celos me corroían por dentro tanto como las quemaduras por fuera. Estaba indignada, frustrada.

¿Qué coño hago yo ahora? —creo que incluso lo
dije en voz alta porque un niño que estaba en las pro-
ximidades volvió rápidamente a la orilla llamando a
gritos a su mamá—. ¿Salgo y voy al chiringuito sonriente
a saludar y a tomar una copa, como si yo fuera una
persona civilizada? No tengo cojones, me pondría a
decir impertinencias. ¿Voy y sin decir nada le doy
dos hostias a Antonio? Aún tengo menos cojones para
hacer semejante cosa. ¿Recojo todo y me voy a casa?
Claro, y me quedo sin comer, sin aperitivo y sin más
playa.

Luis, mi segundo marido, me hizo algo semejante una

vez, en un hotel en Buenos Aires. El salió primero de
la habitación y quedamos en encontrarnos en el bar, cuando
do yo bajé a los diez minutos estaba en animada conversación con una dama. Me lo hizo adrede para vengarse
porque la verdad era que ya nos llevábamos regulín-
regulán. El no me hacía en general ningún caso y yo estaba encantada de que no me lo hiciera, porque así no
tenía que preocuparme de él. Pero me pareció una ordinariez por su parte.

Luis era un extravertido enfermizo. Se enrollaba con
las farolas, con los guardias y con los árboles. Era o es
el típico viajero de avión que habla todo el rato con la
azafata y con el sujeto que le toque al lado. Aquella noche Luis y yo íbamos a cenar tranquilos. Salíamos de
una etapa bastante agresiva y queríamos intentar reconstruir en lo posible nuestro matrimonio, sobre todo porque de alguna manera los dos pensábamos que debíamos
hacerlo así por nuestra hija Marta.

La chica aquella era bailarina en un cuadro flamenco
que visitaba Buenos Aires, y Luis, que era periodista,
se sentía *fascinado* e *interesadísimo* por todas las bobadas que la bailarina contaba de su *tournée* por América.
Yo estuve discreta y distante, que es como deben estar
siempre las mujercitas bien enseñadas, lo cual no resulta demasiado fácil cuando ves que un hombre que te interesa se está fijando en otra.

¿Por qué hacen los hombres este tipo de cosas? Debe ser para sentirse superiores, con control de la situación. Como diciendo: «¿Ven ustedes? Estoy tan seguro
del amor de mi mujer que puedo coquetear con una desconocida delante de ella y no pasa nada.» Cada cual sabe dónde está y cuál es su sitio. Aquella noche en Buenos Aires no sabía dónde estaba ni cuál era mi sitio y

me agarré un pedo impresionante durante la cena con Luis en un restaurante de la Costanera junto al Río de la Plata. Hice bromas y conté chistes sobre todo acerca de su familia, que era muy pintoresca. El no abrió la boca en toda la cena, estuvo soportando, según luego confesó, la vergüenza de tener que cenar con una borracha que montaba un escándalo.

El, de costumbre, tan simpático y hablador con todo el mundo, no abrió la boca en toda la noche, ni siquiera para decirme: «Si no te encuentras bien, nos vamos a casa a tomar la última copa», que es el gesto de cariño y protección que se espera de un hombre en estas circunstancias.

Pero una no debe esperar nunca nada de un hombre, sino malas noticias.

Siempre hacen lo contrario de lo que se espera de ellos. Si necesitas cariño, te dan hostias. Si lo que quieres es firmeza, se te derriten en las manos. Si les reclamas ternura, en cuanto lo notan, se ponen duros y bordes. Una a veces pide una palabra de aliento, una mano tendida. Ellos suelen responder con una patada en el culo. Por qué lo hacen así es algo que todavía ignoro.

Pero yo —¿recuerdan?— estaba flotando en el agua viendo cómo mi marido y mi perra Ada me ponían los cuernos a dúo con una desconocida. Sentía la piel anestesiada, pero arrugada ya de tanto chapotear. Salí del agua, me fui a la tumbona, me peiné y me puse mi camiseta preferida, una que me llega hasta las rodillas, negra con letras en rojo que dicen: WHEN GOD CREATED MAN, SHE WAS ONLY KIDDING (Cuando Dios creó al hombre, Ella sólo bromeaba). Tengo una gran colección de camisetas con letreros raros que me compré en un viaje a Los Angeles. Hay una tienda pequeña en Westwood en donde venden infinidad de camisetas con letreros increíbles y distintos de los clásicos eslóganes. No soporto las camisetas con nombres de marcas o de universidades occidentales.

Fui hacia el chiringuito pero di la vuelta por detrás, me acodé en la barra y le pedí al mozo una cerveza. Me di la vuelta mientras venía la cerveza y me puse a mirar el paisaje y el paisanaje tras las gafas oscuras.

—¡Carmen, Carmen, aquí!

Yo oía perfectamente la voz de Antonio llamándome, pero volvía la cabeza hacia el lado opuesto haciendo como que escuchaba algo, aunque no sabía muy bien de dónde procedía. Con el rabillo del ojo podía verle agitando los brazos. Nos separaban un par de metros, el bar circular y los camareros que atendían la barra.

—¡¡Carmen!!

Tuve que darme por aludida a la voz de mi amo porque ya todos los clientes habituales estaban pendientes de si yo era sorda, ciega o gilipollas de nacimiento. Así que me di la vuelta y me enfrenté a mi trágico destino sin saber de antemano lo que iba a hacer o el rumbo que mi vida iba a tomar:

—¡Hombre, pero si estás aquí, mi amor! Creía que te había pasado algo.

—¡No grites y ven aquí!

—¡¿Está Ada contigo?!

—¡¿Qué dices?!

—¡Ada, que si está contigo!

—Pues claro que está con él —me dijo un señor muy mayor con sombrero de ala ancha y bañador de los antiguos, parecido al que llevaba Fraga cuando se metió a

nadar en Palomares—. ¿No la ve usted? Está allí a su
lado, la chica ésa.

—Siento decepcionarle, buen hombre, pero Ada es
un perro, una perra *basset*.

—¡Oye, Antonio, Antonio! ¡Yuju!

—¡Don Antonio, que le llama su amiga! —gritaba
también el señor mayor intentando llamar la atención de
mi marido, que ahora le contaba algo muy interesante
a la guarrona, que asentía con la cabeza. Yo me imaginaba lo que le estaba contando, que yo era una buena
chica, bastante cariñosa, pero con un carácter insoportable y que nos llevábamos regulín-regulán, que él aguan-
taba por los niños y porque era un hombre responsable,
pero que entre nosotros ya no había nada.

De momento, entre nosotros había un bar circular,
tres camareros y una veintena de personas pendientes de
nuestra conversación a larga distancia.

—¡Antonio, amor mío, que me ha dicho Pepe, el de
las tumbonas, que el coche ha empezado a arder de repente! ¡Antonio! ¿Me oyes?

—¡Eh, don Antonio, que dice su amiga que el coche
está ardiendo! —le comunicó un vecino de barra.

Entonces Antonio dejó de hablar y me miró fijamen-
te con esa expresión de cara que yo tan bien conocía y
que él siempre utilizaba cuando se sentía perplejo. No
se atrevía a creerme, pero tampoco osaba no creerme.

Haga algo, hombre, que su coche está en llamas
—le increpó un tipo con aspecto de guardia civil con un
bañador Meyba negro.

—Dice su amigo que si quiere ir allí.

—Dígale que no, que hay mucho desconocido por ese
lado de la barra.

—¡Oiga, Antonio, que dice su amiga que no, que hay

mucho desconocido por allí! Diga usted que sí, señorita, que hoy día no se debe hablar más que con personas a las que se ha sido ya presentado.

—Y amás, con la inseguridad ciudadana que hay y todo... —argumentaba una señora que se estaba poniendo morada de vino blanco.

Al fin estaba sucediendo algo. Antonio había cogido su copa y se dirigía hacia mí.

Ada también se acercó y me tocaba la pierna con la pata derecha delantera mientras gemía levemente.

—¿Qué tontería es esa de que el coche está ardiendo?

Antonio estaba ya a mi lado y hacía ademán de echar mano a mi cerveza recién servida, como para marcar bien sus derechos sobre mí.

—¡Alto ahí! ¡No toques mi cerveza, guapo, que es mía!

—Vale, vale. ¡Otra cerveza para mí!

—Se la pagará él —le aclaré al camarero—. Yo pago la mía y punto.

—Pero qué dices, se te ha subido el sol a la cabeza o qué.

—Me ha dicho Pepe que el coche estaba ardiendo, y yo como no tengo las llaves he venido a ver si te veía y como no te veía, pues me he dicho «me voy a tomar una cerveza».

—Me veías perfectamente, y estás inventándotelo todo. Si tu coche estuviera en llamas serías tú la primera en estar apagando el fuego con botellas de agua mineral.

—Ya, pero por lo visto hay fuegos que no se apagan con nada.

—¿Lo dices por esa tonta?

—O sea, que no sólo tiene buen tipo y buen pelo y mucho morro, sino que además es tonta, según tú. ¿Ha-

béis discutido ya sobre la INSOPORTABLE LEVEDAD DEL
SER o sobre los AGUJEROS NEGROS?

—Estás celosa.

—¿Yo, celosa? Por mí como si te la machacas, guapo, con esa tonta o con una piedra pómez.

Antonio empezó a sonreír y a mover la cabeza.

—Cuéntame el chiste, así nos reímos todos.

—Es que me hace gracia que te pongas celosa. A la
mínima cosa saltas, caes en la trampa y te pones celosa.

—No estoy celosa. Porque no hay ninguna trampa en
la que caer, todo es claro y meridiano. Eres un tío al
que le encanta hacer el chorras con una desconocida sin
importarle un pimiento lo que yo pueda sentir. Y además a mis espaldas, mientras yo dormía... Te vas tras
el primer par de tetas que se te cruza por delante.

Para no mirarle, atiborraba a Ada de patatas fritas.

—Le va a dar algo a esta perra si le sigues dando
patatas.

—¿Y a ti qué te importa si le da un mal o no? Odias
a la pobre Ada, te parece un bicho asqueroso y baboso.

—¡Nunca me han gustado los perros y tú lo sabes!
¡Pasas más tiempo con esa contrahecha que conmigo y
le prestas más atención que a mí!

—¡Ah! O sea, que es eso. Eres tú el que estás celoso.

—Nooo. No estoy celoso de una perra. Lo que estoy
es cansado y harto de tus cambios de humor y de tus apa-
sionamientos, que te lo tomas todo como si te fuera la
vida en ello. Mira, estamos de vacaciones y no quiero
empezar desde ya con líos y follones. Anda, tesoro,
perdo...

—¡¡¡¡Aaaayyyy!!!!

El anormal me pone la mano encima del hombro y
aprieta. Mi mente sabe que es con cariño, pero mi cuer-

po, quemado por el sol, se queja con un grito que deja
helado al personal.

—Lo, lo, lo siento... Aaahhh... es que... mira cómo
tengo los hombros.

—Menos mal —dijo el guardia civil en Meyba—, por
un momento pensé que le había metido un estilete en la
barriga. Hay violadores que hacen cosas así. Pero si es
por el sol, nada, se pone un poco de vinagre en las quemaduras y se le cura rápido.

—¿Vinagre? Sólo de pensarlo siento que se me des-
pega la piel.

—Que te decía que lo siento. ¿Sabes quién era esa
chica a la que tú llamas guarra? Una que fue novia de
Joaquín Esteban, aquel tipo que fue socio mío un tiempo. Tenía una peluquería, ¿no la recuerdas?

—No jodas. ¿Por qué no me lo dijiste antes? El papelón que he hecho yo y tú ni siquiera has intentado
evitarlo.

—Es igual, no has hecho ningún papelón. Has quemado energías. Seguro que esta noche duermes estupendamente.

—No lo creas, Antonio, estos sobresaltos emocionales me alteran y me dejan hecha polvo.

Mientras preparan la paella que hemos encargado en
el chiringuito, volvemos a la hamaca. Estoy exhausta.
Me llevo un vaso de agua para tomarme un par de aspirinas efervescentes. Odio el sabor del agua chisporro-
teante del acetilsalicílico, pero no puedo vivir mucho
tiempo sin efectos balsámicos y tranquilizadores. La aspirina efervescente es para mí como el chupete de los
bebés, o el oso de felpa de los críos o la jeringa para los
drogatas. Me llamo Carmen y soy una drogadicta, doc-

tor. Se lo confesé una vez a mi ginecólogo y me dijo que tenía suerte, que hay mucha gente que necesitaba algo más que un par de aspirinas para consolarse.

Antonio se va al agua. Corre por la arena abrasadora hacia la orilla. Se mete en el mar sin dudarlo, sale en seguida para sumergirse de cabeza y vuelve a aparecer reluciente y con el pelo pegado a la cara. Empieza a nadar hacia atrás. Le gusta mucho nadar de espaldas no sé por qué razón y lo hace con un estilo poco académico pero con ritmo y eficacia. Un adolescente en tabla de *windsurf* cruza en perpendicular. Se ve que es un novato y no controla para nada la vela. Antonio y él se van a chocar. Me voy a quedar viuda. El pico de la tabla le traspasará la sien. Y yo no puedo hacer nada.

Siguiendo la orden de su código genético, Ada, cava un túnel en la arena debajo de mi hamaca buscando, supongo, trufas imaginarias, totalmente ajena a la tragedia que se está fraguando en el agua. Mi código genético se pone también a funcionar: en cuanto suceda el choque iré corriendo al puesto de la Cruz Roja, lo sacaremos del agua y lo llevaremos corriendo al centro médico, esperando que no sea demasiado tarde.

Ya no le veo en el agua. El surfista lleva la vela descontrolada completamente, se tambalea en la tabla y se cae al agua.

Me pongo de pie como empujada por un resorte. Me late el corazón y se me seca la boca. El accidente fatal ha sucedido. El cuerpo se ha hundido o se lo ha llevado la marea. Voy caminando lentamente hacia la orilla porque mis piernas tiemblan. Los niños juegan, las madres los vigilan, los jóvenes saltan, las gordas chapotean. La vida en la playa sigue su curso ajena al drama que acaba de suceder cerca de ellos.

—¿Te vas a bañar vestida?

Es una voz que conozco. Me doy la vuelta.

—¡Cielos, Antonio! Creía que te habías hundido, que te había matado la tabla de *surf*.

Me abracé a él fuerte, fuerte.

—Bueno, no está mal. La próxima vez que quiera que me abraces, ya sé lo que tengo que hacer.

—No jodas, Antonio. Me he llevado un susto impresionante.

—Pero, ¿cómo me voy a hundir en esta playa miniatura?

—De repente, te veo nadar para atrás y de pronto no te veo más… Creía que te había dado la tabla de surf en la sien.

—Venga, vamos a comer y luego nos echamos una siesta histórica.

LA INSOPORTABLE PESADEZ DEL TAPON SIN ENROSCAR

La siesta fue efectivamente histórica. Dormimos durante tres horas seguidas excepto los ocho minutos que empleamos para hacer el amor sin manos, claro, por lo de mis quemaduras.

Las siestas largas son al menos para mí fatales. Es como tener dos despertares en un mismo día. La misma ansiedad y el mismo abotargamiento que cuando me levanto por la mañana. Tengo que reproducir los lentos rituales mañaneros: el café, el cigarrillo, el *biscotte*. Sólo que por la tarde ni el café, ni el *biscotte,* ni el cigarrillo saben igual que por la mañana ni tienen el mismo efecto. Saben infinitamente peor porque caen en un aparato di-

gestivo deterioriado y averiado, un estómago fatigado de
intentar digerir sin poder una paella grasienta, hipersa-
lada con unas gambas de plástico y un montón de aditi-
vos indestructibles.

De la cocina paso a la ducha tambaleándome por la
casa. Antonio lee el periódico repanchingado en una butaca del jardín. Me mira, pero debe ver mi estado de in-
fernal decrepitud fisiológica y opta —sabiamente— por
no contarme los titulares más escandalosos como es su
costumbre —odiosa pero imposible de erradicar: ¿sabes
que se ha caído un avión con doscientos pasajeros en Cei-
lán?, ¿sabes que han muerto quinientas personas en accidente de tráfico este mes?, ¿a que no sabes cuál es el
hobby del presidente del Senado? Y otras cosas apasio-
nantes que aparecen a diario en los periódicos.

El agua de la ducha no salía caliente ni a tiros. Mientras el chorro frío me devolvía algo de vitalidad a fuerza
de resultar violento, alargué la mano sin abrir los ojos
para coger el frasco del champú. Por fin palpo un tapón
que reconozco, lo agarro fuerte y lo levanto. Naturalmente, no estaba enroscado y el frasco lleno cae en la
bañera haciendo un ¡PLUAF! absolutamente repugnante.

No era la gota que rebasaba el vaso, sino el ruido que
señala que se han abierto las compuertas y que un to-
rrente imparable lo inundará todo.

—¡Mierda! ¡Mierda! ¡Mierda! ¡No puede ser que
siempre me haga lo mismo este cerdo!

El agua cae encima del champú desparramado y se
empieza a formar una espesa espuma.

—¡¡Antonio!! ¡¡Antoniooo!!

Comete un error más. Y es tardar unos minutos en
llegar, minutos que mi ira había empleado en crecer aún
más.

—¡Qué te pasa! ¿Por qué gritas así?

—¿Por qué siempre dejas los tapones puestos, pero sin enroscar? ¿Quieres decirme por qué puta razón lo haces siempre?

—¿Y para eso me llamas mientras te estás duchando? Creía que te habías caído o te había pasado algo.

—Ten la seguridad de que me pasa algo —digo aclarándome la cabeza que me la he tenido que lavar con el poco champú que quedaba en el bote—. Esta no te la perdono, porque estoy hasta el moño. ¡Y no te vayas!

—La siesta te sienta mal.

—¡No tiene nada que ver la siesta! Dime una cosa: ¿tu orgullo de macho te impide enroscar el tapón o qué? Cerrar los botes después de haberlos utilizado, ¿te parece de mariquitas? Voy a decirte yo algo: soporto, mal, que ronques, que dejes tus calcetines y tus calzoncillos por todas partes hasta que yo los recojo. Soporto muy mal que no me hables cuando tienes algún problema, o que no pueda leer en la cama cuando tú duermes porque te molesta, aunque yo tenga que aguantarme cuando tú lo haces. Pero que vayas por la vida poniendo los tapones a los botes sin enroscarlos, eso no te lo aguanto. ¿Me has oído?

No me había oído, porque se había largado del baño mientras yo me secaba.

Me doy crema hidratante por todo el cuerpo con furia y me desenredo el pelo con violencia. Me pongo un vaquero y una camiseta y vuelvo a la cocina a tomar un café, que es lo único que puede tranquilizarme.

El señor se ha hecho unos huevos revueltos después de la siesta. Las cáscaras rotas reposan sobre la mesa. Y la sartén, el plato y el tenedor están en el fregadero.

—¡Antonio! —llamo intentando que mi voz no traduzca todo el odio que siento—. ¡Antonio, ven!

—¿Se te ha pasado ya? —me dice el muy gilipollas, que llega sonriente.

—¿Quieres hacer el favor de fregar lo que has ensuciado? ¿Crees que eres un hombre civilizado y moderno porque en lugar de dejar todo donde se te antoja lo metes en la pila? ¿Por qué no lo friegas también? Porque detrás vendré yo y lo fregaré, que es la parte humillante de la cosa: fregar. Fregar es para las mujeres. En cambio cocinar es parte del encanto masculino.

—Mira, veo que estás todavía histérica. Cuando se te pase me llamas.

—Puede que esté histérica porque *tú* me pones histérica, querido. Verás, voy a demostrarte por qué me pones histérica. Quédate aquí un momento. Luego te vas.

La botella del aceite estaba junto a la placa del gas. Tiro bruscamente del tapón. Efectivamente, no estaba enroscado.

—¿Qué te parece? ¿Cómo lo ves?

—¿El qué tengo que ver?

—¡Que has usado el aceite, pero no has cerrado el tapón!

—¿Y qué? Ahora lo cierro y ya está.

—Ya está. Pero, si llego y sin acordarme de que tú lo has usado agarro la botella por el tapón, se me cae todo el aceite.

—¿Y por qué tienes que agarrar las botellas por el tapón? No lo entiendo.

—Te estás cachondeando de mí, ¿verdad?

—Yo creo que eres tú la que te estás cachondeando de mí. Que me armes este cristo porque no enrosco los tapones me parece sacar las cosas de quicio.

—No es sacar las cosas de quicio, ya que eres tú quien las ha sacado ya. Te comportas como si vivieras rodeado de criados que fueran detrás de ti ordenando todo lo que desordenas. Terminando todo lo que empiezas. Vivimos juntos, ¿recuerdas? Y yo no quiero ir detrás de ti como si fuera tu criada. No sé por qué te parece tan natural que sea yo la que lave los platos, haga la cama, recoja los papeles de periódico esparcidos por toda la terraza y cierre los tapones. ¡Hazlo tú, coño!

—Anda, vete arreglando que se nos hace tarde. Recuerda que hemos quedado para cenar.

—¡No me da la gana! ¡No pienso ir a cenar contigo! ¡Las criadas no van a cenar con sus señoritos, aunque se acuesten con ellos de vez en cuando!

—Te estás pasando.

—¿Qué es eso, una amenaza? Y si me paso, ¿qué?

La mirada de Antonio refleja que estoy dando en el blanco. Los músculos de su cara se ponen tensos y en el azul grisáceo de sus ojos aparece el brillo del acero. Al mismo tiempo, mi furia, al haberse descargado, disminuye claramente.

Pero los hombres resisten mucho, incluso cuando parecen seriamente heridos. Sobre todo si su interés está en juego y Antonio quería ir a cenar con Mariano y Chelo.

Mientras me vestía pensaba que todo aquello se debía a que estábamos de vacaciones.

Antonio y yo nos vemos relativamente poco en la vida normal. El, de mañanita, se levanta y se va a trabajar. Yo también me voy a trabajar. Soy periodista y estoy todo el día de acá para allá y cuando no, en la redacción. Intento no tener ocupadas las tardes ni las noches con asuntos de trabajo por si Antonio vuelve pronto a casa. Pero él también suele trabajar hasta tarde. A veces tiene cenas de negocios o de trabajo. A algunas voy yo, a otras no.

En resumen, que hay temporadas en las que nos encontramos en la cama un ratito. Cuando él llega, yo estoy dormida. Cuando él se va, yo, a lo mejor, no me he despertado aún y ni le oigo salir. Un día le dije: «¿Te das cuenta de que hace días que sólo me ves en pijama?» «No te preocupes, mi vida —me dijo— un día de estos quedamos y nos tomamos unas copas.»

Y de ese modo de vida, hemos pasado bruscamente a convivir las veinticuatro horas del día. Y eso no es fácil. Ahora comprendo lo que le pasó a una amiga mía. Que cuando su marido se jubiló, a ella de repente le entró una depresión de caballo y tuvieron que internarla y todo. Ella me decía que de pronto se encontraba viviendo con un señor que no conocía casi.

Yo conozco a Antonio, pero le soporto mal en horario continuado y frente a frente. Además, las vacaciones siempre alteran la vida de uno, los hábitos, las costumbres. Hay que adaptarse a otra cosa, a otra ropa, a otro lugar, a otro supermercado, a otra agua, a otra cafetera.

Supongo que él también me soporta mal, así FULL-TIME que dicen. En la vida civil, yo no sufro directamente el rollo de las toallas, los tapones sin enroscar o los calzoncillos sucios, es la asistenta la que los sufre generalmente.

Pero claro, en vacaciones, solos los dos, no hay escapatoria posible. No me apetece nada ir a cenar con Chelo y Mariano. Me arden los hombros. Sin sostén estoy hecha un cristo, pero sus tiras me hacen daño. No sé qué ponerme.

Los hombres se ríen mucho de esa frase que las mujeres decimos todo el rato. Nunca hablamos tan sinceramente como cuando decimos «NO SE QUE PONERME». Ellos no lo entienden, pero no porque sea muy difícil sino porque nunca se han puesto a ello. El problema no es, como los hombres piensan, que sólo nos vestimos para ellos o para los demás o simplemente para gustarnos a nosotras mismas. Creo que la complicación surge de que debemos vestirnos para los demás y para nosotras mismas. Esa mezcla es lo que dificulta todo. Casi nunca tenemos en el armario algo que cumpla las dos funciones. Es importante que la ropa nos esté bien, pero también es importante con quién vamos, a dónde vamos y para qué vamos. Los hombres, claro, no lo entienden. Ellos con cualquier cosita están perfectos, se sienten perfectos. Es raro que un tío se sienta incómodo en algún lugar por la ropa que lleva. A nosotras en cambio nos sucede a menudo. Al menos me ocurre a mí.

En eso las jóvenes nos llevan ventaja. Mi hija Marta, que tiene quince años, se viste como le sale de las narices. Poco importa a dónde vaya, si ella se encuentra favorecida, se va en *shorts* a un restaurante o en vaqueros rotos al teatro. Le importa un bledo lo que piensen los otros. Marta es hija de Luis, mi segundo marido, pero vive con nosotros. Va dos veces al año a ver a su padre, que se ha vuelto a casar también y tiene una niña a la que yo no conozco.

—¿Estás lista o no estás lista?

Antonio entra en el dormitorio.

—Pero, ¿vas a ir así? —le pregunto asombrada. Lleva unos vaqueros, alpargatas y una camiseta.

—Qué pasa —me dice—, estoy bien. ¿No se puede
ir a cenar así?

—Pero tío que nos han invitado al Marbella Club.

—Ya. Pero pagará Mariano.

—Que te digo que es un sitio muy distinguido.

—En verano vale todo, mujer. Mira, en esta revista
viene una foto de Kashogui, que por cierto está mucho
más gordo que yo, y va con un pantalón asqueroso todo
arrugado y una camisa asquerosa también y alpargatas.

—Ya, pero si te fijas, está bajando de su yate que mide
cuarenta metros de largo y debe valer cuatrocientos kilos.

—Vale, vale. Lo que tú digas.

LO QUE NO MATA, ENGORDA...
O CASTRA

Mariano y Chelo siempre llegan tarde. Yo no soporto, en general, la impuntualidad gratuita y la otra tampoco. Pero la verdad es que el restaurante es muy agradable y se está muy bien. Los camareros son finos y edu-
cados, la noche es espléndida, las luces discretas, la vajilla de porcelana, los vasos de cristal, los cubiertos de
plata, las servilletas de tela.

—¿Tomamos una copa mientras llegan?

—Venga. Yo quiero un gin-tonic, por favor.

—¿Y el señor?

—También, un gin-tonic, gracias.

Yo, santa, me callo la boca como si fuera muda de
nacimiento.

El camarero vuelve con las copas y nos pone delante
varios platitos con toda clase de pecados: cacahuetes,
aceitunas, almendras y otros horrores.

Antonio se abalanza sobre los frutos secos y yo sigo calladita. Pero cuando ya se ha terminado el platito de almendras, y está a punto de acabarse el gin-tonic, no puedo resistirlo:

—Pero, ¿no habías dicho que te ibas a poner a régimen?

—No. Dije que mañana empezaba el régimen, pero además en serio.

—Ah, bueno. Perdona.

—Pero, ¿ves? Ya me lo has recordado y me siento mal. No debería haber comido tantas almendras. Y es culpa tuya —aparta con brusquedad los platitos.

—No me eches encima tu sentimiento de culpabilidad.

—Es culpa tuya, porque me debías haber dicho que no las comiera cuando las trajeron.

Menos mal que en este momento aparecen Mariano y Chelo, sonrientes y encantadores. Y muy bien vestidos por cierto. Sobre todo ella que va sencillita, pero maravillosamente conjuntada. Chelo tiene quince años menos que yo y que su marido. Lo peor no es que sea joven, lo peor es que es mucho menos tonta de lo que yo era a su edad. Eso es lo que me jode.

Nos vemos poco pero nos queremos mucho. Mariano tiene un extraño oficio. Es representante de artistas. Habla de ellos como si fueran sus hijos o parientes próximos. Incluso a veces se enfada con ellos a muerte como sólo gente de la misma familia suele enfadarse.

A mí me cae bien, porque es cotilla y cuenta chismes de Rocío Jurado, de Ana Belén o de Mecano. La relación con Antonio se debe a que mi marido, entre otros negocios, exporta e importa instrumentos musicales. Chelo es, claro, la segunda mujer de Mariano. Y tienen un bebé de año y medio. De su anterior matrimonio Mariano tiene dos hijos que son casi de la edad de Chelo.

Las ideas políticas de Mariano son bastante peregrinas y es un apasionado de la caza, pero si no se tocan estos temas, se pasa bien con él.

Los cuatro examinábamos atentamente el menú.

—Yo voy a tomar pato a la naranja —dije cerrando el librillo.

—¡Huy qué rico! ¿Dónde está eso?

—Aquí, el cuarto de las aves —indiqué señalando en la carta de Chelo.

—¡Ah, sí! Pato a la naranja con salsa de moras. Pues no sé chica. Yo casi prefiero pescado, por ejemplo, lubina al horno con orégano.

—¿Dónde has encontrado eso? —preguntó Antonio.

—El primero de los pescados.

Nunca he conseguido averiguar cuál es el mecanismo mental retorcido y extraño con el que los españoles leemos los menús. Si un plato no lo ves escrito en tu propia carta, es como si no existiera, o algo así. Tampoco sé por qué todo el mundo quiere saber lo que van a tomar los demás. Ni por qué la gente se decide y luego se echa atrás en el instante de pedir al camarero.

—Yo —dijo Antonio— pediré una sopa de mariscos primero y luego *ossobuco*. Eso no me engordará. ¿Carmencita, puedo comer *ossobuco*?

—Yo qué sé... Supongo que sí.

—No, quiero que me digas si puedo comer *ossobuco*, sino pido otra cosa.

—Come lo que te apetezca, Antonio.

—No me digas que estás a régimen, Antonio —preguntó Chelo no sin cierta coquetería.

Chelo sabe que todos los amigos de su marido están

secretamente enamorados de ella. Conocc bien el tirón que su juventud y su belleza fresca y lozana tienen sobre los cuarentones que la rodean, incluido Mariano.

—Esta tarde ha decidido que lo empieza mañana —aclaré yo arrepintiéndome inmediatamente de haber abierto la boca.

—Puedo empezar ahora mismo. Es más, voy a empezar ahora mismo. Carmen, dime qué puedo comer que no me engorde.

—Hombre, yo te diría que unos esparraguitos y un filete a la plancha.

—No me gustan los espárragos —dijo Antonio mientras leía atentamente el menú—. ¡Ay va! Hay cordero asado. Pues eso, cordero asado.

—Vale, tío.

—¿No debo comer cordero asado o qué?

—Puedes comer lo que quieras, Antonio. Déjame en paz.

—Tú me dices que el cordero asado engorda mucho y yo pido otra cosa, no te pongas así. Yo quiero que me digas.

—Pero, ¿por qué tengo yo que decirte lo que tienes que comer? ¿Soy tu madre acaso?

—No eres mi madre, pero eres mi «directora general de régimen». Y yo quiero que me ordenes comer esto o lo otro.

—No me amargues la cena Antonio, por favor.

—Te advierto que el cordero asado engorda una barbaridad —comentó Chelo.

—¿Lo ves? ¿Por qué no me dices que el cordero engorda?

—Tengamos la cena en paz, ¿quieres?

—No, pero en serio, Carmen. A mí me gusta que me

mangonees y me ordenes y mandes. Y que me digas lo que tengo que comer o no comer.

—Supongo que habréis advertido la nota de humor en lo que dice Antonio —miré a Chelo y a Mariano que nos observaban sin atreverse a reírse.

—Es que, guapa, prefiero que me digas de antemano lo que debo o no comer a que cuando decida tomar algo me censures y me reprimas diciéndome «no pidas eso que engorda o te sienta mal».

—¿Quieres decir que yo te reprimo y te censuro?

—Es más, ¡me castras!

—¿Pero estáis oyendo lo mismo que yo? ¿Que yo te castro?

—¡Sí, me castras! Todo lo que hago te parece mal, todo lo que pido te parece fatal. Si yo quiero ir a un sitio, tú no quieres. Te ofende que hable con la gente, te pones celosa, te cabreas porque me hago un huevo frito o porque una vez se me olvidó cerrar el bote del champú.

—¿¡Una vez!? ¡Jamás lo cierras, siempre dejas el tapón sin enroscar!

—¡Ah! Así que tú también lo haces, vaya, vaya —comentó Chelo riéndose.

—Tú calla, no eches leña al fuego —le increpó Mariano.

—¿Leña al fuego? Aquí no hay ningún fuego. Aquí hay una tía que está cabreada con Antonio porque no enrosca el tapón del champú y encima se ofende y se frustra cuando le dice que el cordero engorda, y yo pienso que ella tiene toda la razón del mundo.

—Mira, Chelito, guapa, esto no va contigo. A ver si ahora os vais a aliar contra mí —dijo Antonio.

—Contra ti yo no tengo nada. Pero a Carmen la entiendo. Porque Mariano hace y dice las mismas estupideces que tú y luego encima dice que yo le tengo castrado. ¿Por qué sois todos tan iguales? —contestó Chelo.

—¡La virgen santa! ¡No puedo creer que ahora esto se haya convertido en una cruzada de mujeres contra hombres! —exclamó Antonio.

—No señor. Se trata de una cruzada contra las personas egoístas y egocéntricas como vosotros. De eso se trata —Chelo estaba enfadadísima y a mí me conmovía mucho verla tan joven y tan indignada.

—Tiene razón Chelo —dije—, porque todo viene de vuestro infinito e inconmensurable egoísmo, de vuestra falta de respeto por la persona con la que compartís la vida, que casualmente es una mujer.

—Bueno, Antonio, no sé qué decir. Por favor, te ruego que disculpes a Chelo. Hoy no se encontraba muy bien —intervino Mariano intentando salvar la situación.

—¡Ya estamos con el paternalismo gilipollas! —protestó Chelo hecha una fiera—. O sea, perdonad a la deficiente mental que como es tontita no sabe lo que dice ni lo que hace.

—No te preocupes, Mariano —dijo Antonio con mucha serenidad adoptando un aire de perdonavidas, de faro en medio de la tormenta—. Lo que necesitan es un buen polvo, nada más.

—¡Te voy a decir una cosa, guapo, y también va por ti, queridito! —a Chelo le temblaba la voz de la ira—. ¡Ni Carmen ni yo tenemos por qué aguantar vuestro egoísmo ni vuestra inmadurez, ni vuestra actitud sobrada de machitos! ¡Yo estoy hasta los cojones de aguantaros, porque además sois todos asquerosamente igualitos unos a otros!

—En eso, puedo asegurarte, que llevas toda la razón —añadí yo, envalentonada por el coraje de Chelo—. Pero, ¿qué pasa, que os creéis que ese colgajillo que tenéis entre las piernas os da patente de corso para avasallar a los demás seres humanos que no lo tenemos? Y te digo más. Sois todos iguales, los artistas, los intelectuales y los funcionarios. ¡Los que la tenéis larga como los que la tenéis corta!

—¿Qué pasa? —preguntó Antonio—. Que las dos estáis empeñadas en darnos la cena hoy, está claro. Y encima, vaya vocabulario.

Chelo, echó violentamente su silla hacia atrás, puso la servilleta encima de la mesa y dijo solemne:

—Yo no, porque no pienso cenar con vosotros.

—Yo tampoco, que os folle un pez —dije, levantándome de la mesa y cogiendo mi bolso del suelo.

Nos alejamos por entre las mesas, antes de que pudieran abrir la boca. Recogimos *mi* coche y nos fuimos a una pizzería. Lo pasamos muy bien poniéndolos a parir sin recato. También decidimos que más valía lo malo conocido que alguno bueno, y probablemente inexistente, por conocer.

Yo no sé Mariano, pero a Antonio le sentó bien el manteo. Estuvo dos días muy educado: lavaba su taza después de usarla, cerraba cuidadosamente el tapón del champú y estiraba la toalla mojada en vez de dejarla sobre la cama. Sólo dos días, al tercero el nuevo tubo de dentífrico estaba apretado por la mitad, sin tapar y la pasta seca. ES IMPOSIBLE.

II. El otoño

PARA LO QUE GUSTE MANDAR, SEÑOR MARIDO

Otoño no es sólo la estación de las hojas caídas. Casi todo cae en otoño. Cae el bronceado de la piel, tan difícil de conseguir y con el que una se sentía tan favorecida y juvenil. Caen también las facturas de los colegios, del arreglo del coche y de la tintorería. Una se siente obligada a regresar a la odiosa peluquería a hacerse las manos y a retocarse el *patch*. Hay que volver a ponerse medias y a engolfarse en un tráfico mil veces más denso y más insoportable que nunca. Hay que reunirse con los amigos y contar los incidentes de las vacaciones y escuchar sus historias de viajes: cómo les engañaron en Nápoles o les pilló una manifestación en Tailandia o cómo les atracaron en Río de Janeiro.

Con las hojas de los árboles van cayendo las ilusiones, los sueños y las esperanzas de poder cambiar algo en una misma o en los demás. Entonces te das cuenta de que todo sigue igual, pero peor, más complicado. La arruga junto a la boca se hace más profunda, el párpado más pesado y la ojera más densa.

Los niños se ponen enfermos porque no quieren volver al colegio. No les culpo, me parece una reacción lógica, a mí me gustaría ponerme mala, incluso grave, con tal de no regresar al trabajo. ¡Oh, sí, yo tengo suerte! ¡Tengo trabajo! Y no me quejo, porque los hay peores. Los hay muchísimo peores y peor pagados. Ser periodista resulta neurotizante y complicado, pero es lo que hay.

Al reencuentro con la rutina del trabajo se une la de la casa. La misma asistenta, la misma vajilla, la misma cerradura que se rompió en el 87 y que nunca llegó el momento de arreglar, los mismos sillones en los mismos sitios, las mismas voces y los mismos olores en el patio, el mismo tío en la misma cama, la misma melancolía opresiva y la misma nostalgia de algo que no se ha conocido nunca, pero se presiente que existe.

Antonio, en cambio, está eufórico y lleno de vitalidad. Se levanta temprano, se ducha, se lava los dientes, se viste y se va. Se marcha tan deprisa que se deja la cartera, las llaves y la agenda. Pero para eso estoy yo durante horas por la mañana desayunando, leyendo los periódicos y redesayunando, para que él pueda llamar por teléfono y pedirme que «si no me molesta y soy tan amable le acerque a su oficina la cartera, su agenda y las llaves».

Creo que sale tan escopetado de casa porque le tiene pavor a la melancolía. O me lo tiene a mí. Prefiere no verme ni oírme:

—Antonio, que este mes tenemos que pagar el último plazo de la cadena hi-fi y del vídeo, no te olvides de ingresar la pasta.

—Antonio, que luego qué hacemos: ¿cenamos en casa o salimos?

—Antonio, que tu hijo Diego y mi hija Martita llegan hoy.

—Antonio, guapo, dime que me quieres, aunque sea mentira.

—Antonio, que como no me asciendan me abro las venas.

—Antonio, que me voy a abrir las venas porque me encuentro fatal.

El sale a toda pastilla de casa y se mete en la vorágine de la oficina, los bancos, los teléfonos y las comidas de negocios. Y yo ahogo mi tristeza en café y tabaco. La perspectiva de tener que enfrentarme con mi cuerpo en la ducha y con mi cara y mi pelo en el espejo me deprime. Temo que el teléfono empiece a sonar. Temo a la asistenta que me asalta con preguntas:

—Sita, ¿quiere que le deje hecha una tortilla de patatas?

—Sita, que como el sito Diego llega hoy que si le subo tomates.

—Sita, que hay que subir Vim.

—Sita, que dónde va a dormir la sita Marta.

—Sita, que me se ha roto una taza.

Me parapeto en mi cuarto y me dedico a buscar en los cajones y en el armario unas medias con costura que yo sé que compré hace meses y ahora no encuentro.

¿Por qué guardo tantas chorradas en los cajones? Pijamas que no me pongo nunca, calcetines de los años sesenta, relojes estropeados que nunca llevaré a arreglar, cosméticos pasados de fecha sin abrir, bolsitas de líneas aéreas, un mapa de Abú Dabi, sostenes con aros que nunca me he puesto porque me hacen daño, bufandas que alguien se dejó en casa alguna vez, gafas viejas, bolígrafos y plumas sin tinta, llaves irreconocibles, cintas

del pelo, rulos eléctricos, un cuaderno de notas de en
trevistas de hace ocho años, facturas de un tapicero, ce
ra sólida sin usar que huele a petróleo, fotos del invier
no del 77, una tarjeta de Antonio que acompañó a un
ramo de flores maravilloso a la mañana siguiente de la
primera noche:

> «Eres lo más importante que me ha pasado...
> te quiero... XXXX»

Saco la tarjeta de toda la mierda que desborda el ca
jón de la cómoda. ¡Cielos, cuánto tiempo! La letra es
como la de ahora, firme, clara, quizá más redondeada.
Una oleada algo difícil de describir, pero que puede con
siderarse como ternura, me invade y se mezcla con el
sabor metálico del hígado que destila café y nicotina. La
tarjeta y las flores no me impresionaron en su día como
me impresiona hoy el recuerdo de aquella sensación de
plenitud y bienestar que sentí aquella mañana. Entonces
tenía ilusiones y tenía esperanzas y tenía satisfacción; me
sentía querida y llena de amor.

Qué contraste con la mierda y el tedio de hoy. ¡Cuán
tos años y qué distinto casi todo! Ni mejor ni peor, dis
tinto. Porque, confesémonos Carmencita, cuando cono
ciste a Antonio estabas hecha una braga. Después de dos
matrimonios rápidos, pero fallidos, y ni se sabe cuántos
intentos de relacionarte normalmente con alguien, te re
fugiaste en la soledad de la mujer divorciada que trabaja
y se convierte en una persona adulta, cuyo único fin es
trabajar, ganar dinero y establecerse como persona res
ponsable, libre y sin dependencias.

Suena el teléfono. Coloco la tarjeta en el cajón y lo
cierro.

—Oye, que me he dejado la agenda y las llaves. ¿Vas a salir ahora o trabajas por la tarde?

—Pues no sé. Pero podías decir «buenos días, cómo estás».

—Perdona, pero es que estoy muy liado. Me están llamando de París por el otro teléfono. Mando un mensajero a buscarlas.

—También te has dejado la cartera con las tarjetas de crédito y eso.

—Bueno, pues le das todo al chico. Que iré a casa temprano, como a las ocho o así porque voy a estar matado.

—Yo no sé lo que me espera hoy. Igual acabo tarde.

—Pues intenta acabar pronto. Yo esta noche no quiero líos, quiero estar en casita.

—¿Quién va a ir a buscar a tu hijo Diego? Llega hoy. Y su madre está fuera.

—¡Ay va! Se me había olvidado. ¿Te molestaría mucho ir tú? Es que yo, mira a esa hora tengo una firma en el notario.

—No te preocupes, yo no tengo firma en el notario. Iré yo.

—Mujer no te enfades. Es que…

—Pero si no me enfado.

—Pues tienes la voz como si estuvieras muy enfadada.

—¿No era que estabas muy liado? Pues adiós.

Diego llega a una hora ideal: las cuatro y media, lo que quiere decir que te parte la tarde. La próxima hora y media me la paso al teléfono diciendo a la gente en la redacción y el Congreso que no puedo ir a la hora que debía. Ultimamente hago información parlamentaria, lo que quiere decir que me paso horas en el Congreso de los Diputados y en el Senado, en los plenos, en las comisiones y haciendo entrevistas a sus señorías. Y después en la redacción escribo, aunque a veces prefiero hacerlo en casa, porque me da la impresión de que me distraigo menos, pero no es verdad, pues en casa me entra el muermo y me pongo a cocinar o a coser botones. De todas formas me libro de los comentarios de los compañeros, de los chistes nuevos, de escuchar la conversación telefónica del que tienes al lado con la madre de Arancha Sánchez Vicario o del que está al otro lado con un tío que llama de un pueblo para informar que un concejal ha envenenado las aguas de riego y que él lo sabe a ciencia cierta, o de espontáneos que vienen a verte y a contarte que han descubierto un sistema barato y fácil para sacar agua potable de los pozos negros.

Me cuesta trabajo, pero consigo cambiar para las siete la entrevista que tenía a las cinco con el portavoz socialista en el Senado. Cuando queda todo apuntalado a través de secretarias y telefonistas, me doy cuenta de que si la entrevista es a las siete no puedo estar a las ocho en casa. Eso supone además que después tendré que escribirla desde aquí y leerla por teléfono, porque el jefe la quiere para que salga en el periódico de mañana.

Hago una tentativa y llamo al redactor jefe:

—Oye, que si es absolutamente imprescindible que la entrevista con el portavoz socialista salga mañana. ¿No se puede retrasar un día?

—Imposible, hija, tengo ya el sitio guardado. Una página y media con fotos.

—No hombre, si sólo iba a ocupar media columna.

—Ya, pero se me había pasado decirte que como ha fallado lo del reportaje que iba a hacer Ernesto sobre las Fuerzas Armadas, pues he decidido darte más aire.

—Pero cómo más aire. Yo qué culpa tengo que haya fallado Ernesto.

—Hombre, es que me lo ha pedido como un favor personal. Tiene que acompañar a su mujer al médico, ya sabes que está embarazada y los problemas que ha tenido con los embarazos fallidos anteriores y eso. Entonces él me dijo, oye...

—Pero a mí qué coño me importa que su mujer esté embarazada. Entre otras cosas el favor me lo tenía que haber pedido a mí, no a ti.

—Oye, no te pongas borde, que soy yo el que distribuyo los espacios y decide lo que se publica.

—Sí, *bwana*, pero a mí me dijiste dos columnas. Para llenar página y media me tengo que estar con el tipo dos o tres horas.

—Pero si tú eso te lo pasas por debajo de la pata.

—Qué finolis te oigo hoy. ¿Y si te digo que yo también tengo problemas y no puedo hacer hoy la entrevista?

—Mira si soy bueno que te doy hasta las doce de la noche de plazo.

—Vale, de acuerdo.

Cuelgo el teléfono y me maldigo por tener tan mala pata y ser tan estúpida. Pero sobre todo por no ser un tío y no tener una santa esposa con problemas para quedarse embarazada. A mí, que en cuanto me miran fijo me quedo preñada.

Podía haberle contado al redactor jefe un cuento chino igual que el de Ernesto. O podía haberle dicho la verdad, que tengo que ir a recoger a Diego al aeropuerto. Pero yo no sé hacer esas cosas. O también podía haberle mentido: el portavoz socialista en el Senado no tiene a bien recibirme hoy, sino mañana.

Soy incapaz de hacer eso, porque mi orgullo de tra-

bajadora femenina me lo impide. Me ha pasado siempre. Mis jefes me pueden reprochar que no lo hago bien
o que no lo hago con ganas, pero nunca me han repro-
chado que en el trabajo me comporto como una mujer
y doy excusas como tal. Eso lo he llevado a rajatabla
desde que empecé a ganarme la vida. Jamás he dejado
de cumplir porque un niño tenía dolor de muelas o porque se me había ido la asistenta o me encontraba pa-
chucha o me dolían los ovarios. He tratado siempre
de evitar que mis problemas interfieran en el trabajo,
para que nunca pudieran decir que las mujeres que trabajan, ya se sabe, tienen una vida complicada y fallan
mucho.

Pero siempre me he tropezado con compañeros mas-
culinos que:

a) Les importa un pimiento que yo cumpla como si
   fuera un tío.
b) Suelen estar casados con mujeres que no trabajan
   o sí trabajan, pero exigen que ellos falten al trabajo porque hay que acompañarlas al médico o al
   dentista.
c) Persisten en echar mano de ti cuando ellos fallan.
   Se supone que tú tragas con todo lo que te echen,
   porque para eso eres una tía seria.

Pero aún más envidio a las tías que exigen que su marido las acompañe al médico. ¿Cómo lo hacen? ¿De qué
manera? ¿Qué clase de genes hay que poseer para poder
decir: «Amorcito, que el lunes hemos quedado con el
doctor»?

No lo sé, no lo entiendo, no me lo explico. No sé
de qué están hechas esas mujeres ni dónde están esos

hombres porque yo no me he tropezado nunca con un tío que me diga: «Yo te acompaño, no importa si tengo que faltar al trabajo, ya se arreglará.»

La melancolía se transforma en irritación y mala leche. Y la mala leche en orgullo. Muy bien, de acuerdo: iré a buscar al niño al aeropuerto, prepararé la cena, haré la entrevista, la escribiré y pasaré la velada con Antonio. No hace falta que nadie me proteja ni me apoye. Me las arreglo sola, me basto y me sobro.

A veiocidad de vértigo me visto, me arreglo y me echo a la calle, al mundo hostil, a la vida.

LOS JEFES SON COMO MARIDOS, PERO SIN PENE NI GLORIA

Paso por el periódico para recoger la documentación sobre el portavoz socialista. No encuentran la carpeta de ese señor. No aparece ni viva ni muerta. Alguien se la ha llevado esa misma mañana. Me toca recorrer las mesas de todos los de Nacional para ver si alguno la tiene. Por fin la encuentro en la mesa de uno de Deportes. Parece ser que este señor, antes, perteneció a la directiva de un club de fútbol.

Cuando salgo de la redacción con la carpeta bajo el brazo me encuentro al redactor jefe.

—Sabes francés, ¿verdad?

Me sé el truco desde hace muchos años. En el plano laboral es el equivalente al truco de «en casa tengo un vídeo de Robert Redford aprendiendo a nadar. Pasamos un momento y te lo llevas».

—No, no sé francés.

—Anda, siéntate aquí un instante y tradúceme este

artículo de Jacques Delors que acaba de llegarnos. Irá en primera con tu nombre así de gordo.

—Que no, que yo me iba ya.

—Que es un momento, a ti te sale muy bien. Juro que te lo pagaré a precio de oro.

Sé que no me lo pagará, sé que será difícil y sé que me llevará horas.

—Perdona, pero esto lo tienen que hacer los de Internacional.

—Uno está en Beirut, otro en un cóctel en el Ministerio, otro está enfermo y queda uno que no sabe francés. Es un favor personal que me haces a mí. Te recompensaré.

—Ponme la entrevista con el portavoz para pasado mañana.

—Pero tú sabes que es imposible, no me pidas eso.

—Está bien. Dame el artículo. No te pido nada.

—Mujer, no te enfades, coño.

—¡No me enfado, pero déjame en paz!

—Hija, qué carácter.

Salgo de la redacción pasadas las tres de la tarde. Se ha llevado el coche la grúa, lógicamente, pues lo dejé en tercera fila porque iba a estar quince minutos y por supuesto me quedé tres horas.

Tengo ganas de coger el teléfono y llamar a Antonio: «Tesoro mío, la grúa se ha llevado mi coche, ¿no podrías ir a recogerlo, amorcito?»

Cojo un taxi y por suerte, al abrir el bolso para sacar un cigarrillo, veo el monedero. Recuerdo que no tengo un duro.

—Mire, antes de enfilar hacia el aeropuerto, tenemos que pasar por un cajero automático.

—Anda, pues acabamos de pasar por uno y ya, fíje-

se, a saber cuándo vemos otro. Oiga, que aquí no se puede fumar, ¿no ha visto usted el letrero?

—Mire, allí hay un cajero.

—Ya, allí, pero como vamos por el carril de la izquierda a ver cómo hacemos ahora y además para pa-
rarse aquí, imposible.

Busco, busco y rebusco en el bolso y encuentro las
trescientas pesetas que necesito y todavía me sobran veinte, para darle de propina al nazi del taxista.

—Oiga, pare aquí, aquí mismo.

—Pero como voy a parar aquí, en medio de María
Molina.

—Que pare, le digo. Tenga, quédese con el cambio,
señor.

Cruzo entre los coches que pitan y cabezas que salen
por las ventanillas amenazadoras, insultantes:

—¡Estás loca de atar!

—¿Es que estás ciega o qué, gilipollas?

El cajero, no se sorprenderán si les digo que me devolvía con insistencia la tarjeta. «SU DOCUMENTO ESTA
DEFECTUOSO», decía el cartelito en la pantalla.

—Tu puta madre es la que está defectuosa. Me vas
a dar la pasta o te hago puré con un adoquín.

A las máquinas hay que tratarlas con dureza y sin mi-
ramientos. Después de varios ronquidos y suspiros me
vomitó las quince mil pesetas. La muy cabrona me las
eructó en billetes de cinco, lo cual supondría un nuevo
número con otro taxista, pero trinqué la pasta y le eché
el mal de ojo con los dedos de la mano derecha. Me puse a esperar un taxi benévolo, en el cual me dejaran fumar y sobre todo no me regañaran. No hay nada que me
duela tanto como las broncas de los taxistas.

El avión de Diego traía cuarenta y dos minutos de

retraso. Me fui al bar a leer a toda mecha el *dossier* del
portavoz socialista. De vez en cuando, levantaba la cabeza para ver la pantallita. No había más retraso. Miré
mi reloj. Faltaban quince minutos para la hora. Sigo leyendo. Siento que la silla que está enfrente de la mía es
arrastrada con violencia y levanto la vista.

—Pero Diego, ¿qué haces aquí?

—Tú, tía, qué haces tú aquí. Llevo una hora esperándote. ¿Dónde está papá?

—Mira —le digo enseñándole la pantallita de televisión con los horarios de llegadas— todavía no has llegado. No deberías estar en Madrid hasta dentro de quince
minutos por lo menos.

—Hostias —dice el crío mirando la pantalla.

—No digas palabrotas, Diego. ¿Qué tal lo has pasado? ¿Tienes más equipaje? Tu padre no ha podido venir, pero aquí estoy yo. ¡Estás más alto y más guapo!

Diego es hijo de Antonio y de su primera mujer. Es
un adolescente desgarbado, flaco, tierno y lleno de problemas. Llega de Irlanda donde ha estado pasando el verano aprendiendo, supuestamente, inglés.

—¿Podemos llevar a su casa a mi amigo Alvaro?

—No tengo coche, cariño. Se lo ha llevado la grúa.
Si queréis vamos todos en un taxi a buscarlo y luego le
llevamos a casa.

—¿Otra vez? Tu coche siempre se lo lleva la grúa, tía.

—Pues sí, Diego, ya sabes lo desastre que soy.

Lo sabe, lo sabe perfectamente. Y me aguanta el pobre, con mucha paciencia. Los catorce años en un va-
roncito es una edad jodida. No es un niño ya, pero tampoco es un joven todavía. Cualquier cosa que no sea un
vaquero, una camiseta, una chupa y unas zapatillas de
deporte le sientan cómo un tiro. Le va el *heavy*, pero

aún se ríe cuando le haces cosquillas. Odia a las mujeres
y a las niñas porque se siente ridículo ante ellas. Pierde
la espontaneidad y se vuelve tímido y distraído. Es tierno porque aún no ha desarrollado la malicia y la supues-
ta listeza de los adolescentes tardíos. Los trece-catorce
años marcan el límite atroz, cuando todavía es posible de él todo lo mejor. Un año después ya está claro
que todo será un desastre y a lo más que pueden aspi-
rar sus padres es a que no sea drogadicto o delincuente.

Diego es tres años menor que Martita y cuatro que
Sergio, de ahí que su pubertad me pillara con una cierta
experiencia. Al lado de Sergio, Diego es ejemplar. Sergio fue a Brasil a visitar a su padre cuando tenía doce
años y se escapó de casa. Estuvo rondando diez días por
las favellas y al final apareció con sarna y con una gastroenteritis de caballo. João me lo devolvió con una nota:

Sergio ha salido a ti, está como una cabra.

Yo pienso, naturalmente, que es más bien lo contrario que, para mi desgracia, Sergio es el vivo retrato de
su temperamental e inestable padre. Pero bueno, de todas maneras, en esto las mujeres lo tenemos mejor, porque la menstruación marca con más claridad el paso de
cría a jovencita. Marta a los trece estaba como está ahora y a los catorce se quería casar con un compañero de
su clase de baile, hasta que un día descubrió que el chico lo que de verdad quería era casarse con el profesor.
Tuve que explicarle a Martita lo que hacen los homose-
xuales y puedo jurar que fue un trago que no se lo deseo
a ninguna madre.

Fue laborioso extirparle a Diego alguna referencia
a cómo lo habían pasado en Irlanda. Su amigo Alvaro

no ayudaba nada, sólo apuntaba los monosílabos de Dicgo con «joé, tío».

«LAS TIAS SOIS LA PERA», DICEN LOS CEBOLLOS

Llego al Senado con quince minutos de adelanto. Imposible aparcar. Ni hacer trampas porque está el barrio lleno de policías deseosos de prohibir cualquier intento de dejarlo en la acera o en un paso de peatones. Al volver una esquina veo a un tipo corriendo detrás de mi coche. Es el fotógrafo.

—¡Tía, para, coño! Llevo un kilómetro corriendo tras de ti.

—¿Qué pasa? Te va a dar un jamacuco.

—Oye, que me ha dicho la secretaria del chorbo ese que hoy no nos puede recibir, que mañana a la misma hora. Que ha tenido que salir escopetado a Ferraz o a no sé dónde.

Al final, hay justicia en este mundo y la Divina Providencia alarga su mano para proteger a los justos.

—Bueno, Manolo, no sabes lo bien que me viene a mí esto. Coge el coche y da alguna vuelta, que voy un momento a llamar al jefe desde aquel bar.

Al redactor jefe se lo llevaban los demonios cuando se lo dije.

—¿Qué hago yo ahora con la página y media que te había reservado?

—Pero, ¿por qué no metes la entrevista con el diputado de Soria que te di el otro día con carácter de urgencia y que luego no metiste porque se había hundido una fábrica en Sabadell?

—Ah, pues no es mala idea. ¿Dónde está esa entrevista?

—No sé, yo te la di a ti. Con fotos, ladillos y todo.

A través del auricular oigo la voz del jefe aullando a los que tiene a su alrededor: «¡Una entrevista de Carmen Rico a un diputado de Murcia que entregó el otro día, a ver si la encontráis, rápido!»

—Oye, que es un diputado de Soria. ¿Me oyes?

—Me dicen que te ha llamado tres veces la secretaria del portavoz socialista para posponer la cita para mañana.

—¿Ves cómo es verdad lo que te digo?

—Ya ha aparecido. Pero el diputado éste es de Soria.

—Bueno, mira, hasta mañana. ¡Por cierto! ¿Viste la traducción de lo de Delors? ¿Te gustó?

—Sí, muy bien, Carmencita. Lo que pasa es que lo he tenido que dejar en menos de la mitad.

—Ya. ¿Y qué has cortado?

—Pues he hecho lo que he podido, un poco de aquí y un poco de allá. Lo debías haber hecho tú, pero como te escaqueas y no apareces nunca por ningún sitio.

—Bueno, venga, adiós.

Cuelgo el teléfono y, cuando voy a salir del bar, veo al fotógrafo apoyado en la barra tomándose un whisky.

—¿Y el coche?

—Lo he dejado ahí, en un sitio para senadores. Me ha dicho el guardia que puede estar quince minutos y he pensado que querrías invitarme a tomar una copa.

—Sí, hombre, claro. ¿Qué te pasa? Estás raro.

—No estoy raro, estoy jodido.

—A ver, cuéntame, hijo mío.

—Pues nada, mi mujer, que dice que se ha ido de casa, que se quiere separar.

—Ya será menos.

—Que no. Que es en serio.

—¿Y por qué?

—Yo qué sé por qué. Pues porque las tías sois la pera. Se estaba siempre quejando de que me paso el día
y parte de la noche trabajando y no le hago caso, no la
saco, y cuando estoy en casa, dice que soy un muermo
y que no la hablo.

—Eso me suena. ¿Trabaja?

—Claro, es enfermera. Pero ella ya sabe cómo es el
trabajo este de fotógrafo, es un trabajo *full-time*.

—Pero podías arreglártelas para estar con ella y com-
paginar los horarios, ¿no?

—Ella debía hacer algún esfuerzo también, ¿no?

—¿Tú quieres que se vaya o no?

—Pues la verdad es que no lo sé. Desde hace unos
meses salgo con una tía, tú la conoces porque trabaja en
Radio Nacional, una chiquilla joven y eso.

—Pero tú lo que eres es un cabrón, y perdona.

—No, oye, que no es lo que te imaginas.

—¿No es lo que imagino? Pues ya me contarás.

—Pero si mi mujer no sabe nada de este asunto y,
además, no es el primero.

—A lo mejor es que tu mujer está hasta el gorro de
que le pongas los cuernos. Tú crees que ella no se entera, pero lo sabe perfectamente y lo que no quiere son
escenas ni follones.

—Pero irse de casa, así…

—¿Y cómo quieres que se vaya, tío? ¿Tirándote una
olla de agua hirviendo encima o qué?

—No me entiendes. Una mujer no puede abandonar
a su marido y largarse de casa así como así. Verás mi
madre cómo se va a poner, me echará la culpa a mí. Y
además me deja así, tirado; ahí te pudras.

—¿Tenéis niños?

—No. Esa es otra, que ella no quiere, dice que todavía no, que no quiere sentirse atada. Por eso te digo que ella también se las trae, es lo más egoísta que he visto en mi vida. Y ahora me hace esto.

—Sí, ciertamente, cómo osa ella hacerte ESTO A TI, el amo y señor, el rey de la casa.

—Mira, si ahora encima de lo que tengo, he de aguantar tus sarcasmos, me pego un tiro. Anda, paga y vámonos.

—Paga tú.

—Que no tengo dinero. Ni un duro. La próxima vez te invito yo.

Yo que estaba tan contenta poque la Providencia me había dado la tarde libre y viene este imbécil a joderme el invento. Saco un billete de mil y se lo doy al camarero. Este lo coge, cobra y deja la vuelta, trescientas cincuenta pesetas en un platito y lo pone delante de mi compañero el fotógrafo con un «aquí tiene, señor».

Está claro que el inconsciente masculino está hecho de granito. En 1989, un camarero asume que el que paga es el hombre y, si ve que paga la mujer, instintivamente le da las vueltas al hombre. No hay solución, ni esperanza para nosotras por mucho que nos empeñemos y por muchos pares de zapatos que gastemos en manifestaciones.

Mientras regreso a casa pienso en el fotógrafo. ¿Será canalla el hijo puta? Se está tirando a una tía a espaldas de su mujer y arremete contra ella porque ésta ha dicho basta, ya no te aguanto más.

Los tíos tienen una desfachatez para ir por la vida que producen auténtico asombro. Son descarados y abusones. Y encima buscan comprensión; porque lo que más le jode a mi fotógrafo es que no me ponga de su lado y le diga, «pobrecito, qué putada te ha hecho esta tía, con lo bueno que tú eres».

Los hay peores que Antonio. Eso está claro. Mucho peores. Antonio al fin y al cabo es de lo más civilizado que conozco. Esta reflexión me levanta la moral. El que no se consuela... Y además, a mí, Antonio, no me pone los cuernos. ¿O sí? ¿O sí me los pone y yo como una gilipollas no me entero?

Es muy fácil engañar a un cónyuge sin que éste se entere. Yo lo sé, porque lo he hecho. A Antonio no le he engañado nunca, pero a los otros sí. Y no es difícil.

Es increíble cómo una misma se introduce el veneno en el cuerpo hasta que se diluye por todo el sistema circulatorio.

Llego a casa hacia las siete y media y tengo que dar ochenta y cinco vueltas a la manzana para encontrar un lugar donde estacionar el puto coche. Por fin encuentro un lugar escuálido que me obliga a hacer ocho maniobras hasta que consigo meterlo en el hueco más o menos ortodoxamente. Tengo que caminar hasta casa como quinientos metros. La verdad es que, pienso, llevo una vida de gilipollas. Hoy, con la gasolina que me he gastado, la grúa y la multa, podría haber ido a todo en coche con chófer y no me hubiera salido más caro y encima me hubiera llevado de puerta a puerta, como una señora.

Al pasar por la frutería, entro a comprar melón y unos brécoles. Puro capricho. Los últimos cien metros hasta casa, voy cargada como una burra con el bolso, la cartera llena de *dossiers,* la agenda y alguna que otra piedra, porque hay que ver cómo pesa la cabrona. Más, claro, el melón —por qué no habré comprado uvas que pesan menos— y los brécoles.

Llamo al portero eléctrico para que Diego baje a ayudarme a subir los trastos, pero por más que llamo no me contesta ni Dios. El ascensor lleva estropeado dos meses porque están cambiando el motor y los operarios han prometido que sólo tardarán otros dos meses en acabar el trabajo.

La puerta de casa está cerrada con llave, lo que significa que no hay nadie en el hogar. Diego se habrá ido al cine y mi dueño y señor obviamente no llega nunca antes de la hora que dice que va a llegar.

Suelto el bolso y la cartera en un sofá, enciendo la tele y paso a la cocina donde dejo los brécoles y el melón. En la mesa hay una enorme y suculenta tortilla de patata oculta entre los platos. Abro la nevera para servirme un vaso de agua, pero naturalmente no hay agua en la nevera. Es igual, no me importa beber el agua caliente. Y regreso al salón para sentarme ante el televisor y lavarme bien el cerebro.

Diego ha dejado sus huellas frente al televisor. Las zapatillas de deporte en el suelo, un jersey en el sofá, un cinturón en la mesa baja donde también reposa una bandeja con un plato con restos de ketchup y algunas hojas de lechuga arrugadas y fláccidas. Es el único crío que conozco al que le gusta la ensalada. *Mis* hijos la detestan, yo no soy ninguna fan y me choca que Diego la devore a no importa qué hora. En esos detalles es en los que una nota la distancia entre familias.

Recojo el jersey, las zapatillas y el cinturón y los llevo al cuarto de Diego. La visión me sobrecoge: esta mañana el cuarto estaba ordenado, limpio y olía a cera. Ahora parece que ha sido visitado por los hunos. La maleta espanzurrada y toda la ropa repartida entre el suelo y la cama, que está deshecha y alborotada como si diez pa-

rejas hubieran hecho el amor al mismo tiempo. Siento un rayo en mi cerebro que me hace dar dos pasos con la intención de recoger del suelo una almohada, pero afortunadamente, me rebelo, retrocedo y cierro la puerta no sin cierta violencia.

ESPERAR Y LLORAR, TODO ES CUESTION DE EMPEZAR

Una suave oleada de indignación me invade lentamente primero para después ir creciendo, creciendo. No soy una maniática del orden, pero el caos me inquieta. Sobre todo el caos gratuito y repetido. Mil veces le he dicho a Diego que no haga eso con *su* ropa, *su* cama, *su* cuarto. Pero está claro que le trae sin cuidado. Pues a mí también.

Trueco el agua por un gin-tonic. Parto el melón y lo pongo en la nevera, pongo los brécoles a cocer y me tranquilizo pensando que todos los púberes y adolescentes se han comportado exactamente igual desde hace tres mil años. Que no lo hace para joderme a mí, sino para afirmar su personalidad de adulto, rebelde y no sumiso. Levanto el plato que cubre la tortilla y… ¡Oh, cielos!, sólo queda un pedacito, justo una ración. El señorito Diego se ha puesto morado, se ha servido a su antojo, sin pensar, por supuesto, en que la tortilla era para todos.

Miro la ración y la boca se me hace agua. Cojo una patatita que se había salido del pedazo. La puta tortilla está de muerte, exquisita. Mi asistenta Emilia es doctora en tortilla de patata. La vuelvo a tapar y me hago un sandwich de jamón de plástico y me voy a ver la tele.

¿Por qué no me he comido el único trozo de tortilla

que queda? Cuando Antonio llegue, le puedo decir: «Entre tu hijo Diego y yo nos hemos bajado una tortilla de pecado mortal.» Soy incapaz. De alguna manera, como diría uno de los que están farfullando memeces en la tele, no me atrevo a dejarle a Antonio sin tortilla por miedo a quedar mal. O bien, porque mi instinto materno inunda mi precario raciocinio. En mi lugar, Antonio se hubiera comido la tortilla sin reflexionar, sin dudar, sin hacerme preguntas. Y Luis y João y todos los hombres que conozco, incluido mi hijo Sergio. Martita no, Martita se hubiera comido la mitad, pero quizá no tanto por solidaridad con su madre o por generosidad, sino porque sabe que engorda muchísimo.

O no sé. Yo qué sé. Estoy haciendo un análisis exhaustivo de una gilipollez y se me están cerrando los ojos al tiempo que en la pantalla me cuentan cuán increíblemente interesante es la fauna australiana.

Me despierto con el timbre del teléfono. Miro el reloj y son las nueve y cuarto. En el teléfono alguien pregunta por Antonio. Voy a ver si ha llegado mientras yo estaba en la inopia. NI RASTRO DEL SEÑOR. Tampoco de Diego. Estoy sola en casa.

—No ha llegado todavía, ¿quién le llama?

—Le llamo desde Valencia. Escuche, ¿usted no sabe dónde le puedo encontrar? Es muy urgente.

—Pues mire, no sé dónde está. Debía haber llegado a casa hace una hora. Estará al llegar, llame más tarde.

La voz masculina es autoritaria y precipitada.

—Yo tenía una cita con él a las nueve en el Eurobuilding.

—Pero, ¿no dice que llama desde Valencia?

—Por eso, que me perdone, que no he podido ir. He

llamado al Eurobuilding y resulta que no le encuentran en el bar, que es donde hemos quedado.

—Ya. Pues, señor mío, no sé qué puedo hacer yo.

—¿Es usted su mujer?

—En realidad soy su amante.

Hay un silencio. El sólido edificio del ejecutivo dinámico y agresivo se derrumba. Oigo por el auricular cómo caen los pedazos de granito.

—¿Sigue usted ahí, señor de Valencia, o le ha dado el infarto?

—Mire, señorita, a mí no me gusta quedar mal con la gente.

—Pues ha quedado usted con mi Antonio, como el culo. Cuando uno tiene una cita, aunque esté en Valencia, se cancela con tiempo o se cumple con ella.

—Mire, señorita…

—Señora, si no le importa…

—No será usted la señora de la limpieza y en lugar de a su casa he llamado a su oficina.

—Soy la señora de la limpieza en cierto modo y está usted llamando a la sucursal número uno de su oficina.

—Pero vamos a ver, ¿es el cuatro diecinueve veintitrés cincuenta y nueve?

—Sí, es el mismo número que el que hay aquí en el teléfono.

—Bueno, pues dígale a Antonio que le ha llamado el señor Pichot de Valencia. El ya sabe. Adiós, buenas noches.

Y cuelga, el muy grosero.

Son las diez. Antonio no llega y Diego tampoco, ¿qué coño pasa en esta casa?

Vuelvo a la tele. Los policías de *Hill Street* van y vienen por la comisaría, pretendiendo enternecerme con sus

problemas personales. Me sirvo otro gin-tonic que me sabe a mierda porque tengo el estómago vacío y me estoy empezando a cabrear.

Llega Diego a las once. Intenta ir a su cuarto directamente, pero le llamo. Acude sumiso.

—He ido al cine —dice tirándose en el sofá para que no le vea la cara.

—Qué has visto.

—*Star Treck*. He ido con Alvaro.

—Qué bien.

Me levanto a bajar el sonido de la tele. Tiene los ojos enrojecidos. Ha fumado un canuto y con seguridad se ha bebido más de una cerveza. Ataco por el lado de la legalidad.

—Hueles a cerveza.

—No. Es que estoy reventado de verdad. No sé cómo acaba la película, porque me quedé frito.

—Es que el porro da sueño, sabes.

Me mira, sin acordarse de que no debería mirarme de frente, pero está demasiado cansado para negar la evidencia, que es la ocupación favorita de los adolescentes.

—Anda, vete a la cama, si la encuentras entre todo el follón que tienes en tu cuarto.

—Mañana lo ordeno todo.

—Eso, mañana. Anda vete. Si quieres te llevo un vaso de leche.

—Ay, sí, qué guay.

Cuando llego a su cuarto con el vaso de leche, está como una piedra encima de la cama con la luz y la radio encendidas. Le quito los zapatos y los calcetines. No me atrevo a quitarle el vaquero. Si fuera mi hijo sí lo haría, pero a Diego no me atrevo. Igual mañana se cabrea un montón. O no, no sé. El pudor está ahí. Y quizá también un respeto vago hacia alguien que ya va siendo un hombre. Le echo el edredón por encima. Le toco la frente. De ésta no se muere. Apago la radio y la luz y salgo sorteando paquetes, comics, jerséis y zapatillas.

Son casi las doce. Voy a mi dormitorio y abro la cama. Aunque me molestan los pantalones, el sostén y el jersey no quiero ponerme el pijama porque no deseo que Antonio llegue y no me vea vestida de calle. Resistiré. No puede tardar mucho.

Y a todo esto, ¿dónde coño está Antonio? Si tenía una cita a las nueve con un señor que nunca llegó, debería haber vuelto a casa a las nueve y media o diez menos cuarto como mucho.

A menos que, por ejemplo, mientras esperaba en el Eurobuilding se le haya acercado una furcia a ligar. Ya se sabe cómo es esto: una copa, unas confidencias, incluso en plan de cachondeo, después una cenita y luego un polvito.

Pero no, porque en el Eurobuilding a las nueve no estaba. Eso puede querer decir que en lugar de ir a la cita con el valenciano, utilizó eso como coartada y se largó a pasar la velada con alguna tía de las que pululan a su alrededor: secretarias, relaciones públicas —son las peores, ya que siempre tienen la coartada perfecta—, alguna ejecutiva extranjera de esas que llegan a Madrid por un par de días desde París, Londres, Amsterdam u Oslo y se ponen moradas a follar. O una periodista, que conozco yo cantidad que están desesperadas. O se ha dado una hostia con el coche. Pero esas cosas se saben en seguida; llaman rápido a la familia. Aunque en el caso de Antonio tal vez no, porque en su carné de identidad y en el de conducir pone otra dirección, concretamente la de su ex. Llevamos cinco años viviendo juntos y por vagancia no ha cambiado su dirección legal. Y su ex no está en Madrid. Lo que quiere decir que si le ha pasado algo, no saben a dónde llamar.

Me estoy empezando a poner histérica. Si me está poniendo los cuernos, le asesinaré cuando llegue… Pero, y si le ha pasado algo…, algo gravísimo, porque si fuera leve ya hubiera él llamado… Le veo con la cabeza destrozada, la columna partida, ensangrentado.

Esas imágenes se alternan con otras: Antonio revolcándose en la cama con una rubia joven y esbelta, que da muchos gritos de placer y se ríe mucho. Y lo que es peor, con ella, él lo hace una y otra vez. Ha recuperado su vigor de los veinte años. El rayo que no cesa. Imposible separarse de ella.

¡Dios, cuánto daño hace a veces el recuerdo de unas imágenes que hemos visto en el cine despreocupadamente o unas líneas de un libro leídas sin atención momentos antes de apagar la luz y dormirse! Llegan a la mente con una fuerza inusitada, con una claridad meridiana, con un realismo asombroso, justo cuando no deberían llegar.

Sentada en la cama, al lado del teléfono, me pongo a llorar cuando el reloj marca la una menos cuarto. Mi vida sigue al borde de un precipicio, al cabo de los años y de las luchas todo sigue igual de inestable, igual de peligroso, igual de inseguro. ¿Por qué me hace esto este cabrón? ¿Por qué no ha llamado para decir que llegará tarde? Si ha tenido un accidente, porque está muerto. Y si está muerto, mi vida está hecha añicos. Y si está con una tía, tampoco llama, se siente culpable y prefiere no mentir. Entonces también mi vida cae en picado en el abismo.

De los sollozos paso al llanto estruendoso. Diego no

me oye, no sólo porque su cuarto está lejos, sino porque podrían bombardear la ciudad y él no oiría nada. Voy al baño a por kleenex. Me miro en el espejo. La verdad es que no estoy tan mal llorando. Las caras de las mujeres cuando lloran de verdad se vuelven intensas y contienen una belleza aterradora como las esculturas de Gaudí. Debe de ser eso lo que les da tanto miedo a los hombres. Cualquier hombre soporta estoicamente que le marquen con hierro candente, que le arranquen las uñas o que le abofeteen, pero ninguno puede aguantar la visión de una mujer llorando. Y debe de ser por eso, porque el rostro de una mujer cuando llora y solloza se vuelve poderoso y terrible, liberando toda clase de sentimientos y emociones.

Los hombres piensan que lloramos contra ellos. Y ahí no les engaña el instinto. Ellos nos hacen llorar, ellos provocan nuestro llanto en un noventa y nueve por ciento de los casos. Lloramos de tristeza, de soledad, de miedo, pero también de rabia, de impotencia, de indignación. Y lo hacemos, asimismo, en un uno por ciento porque nos damos lástima, nos contemplamos desde fuera y nos damos lástima. Somos tan estúpidas, tan gilipollas, tan inservibles, tan feas, tan anormales y tan acomplejadas que nos damos lástima. Los psiquiatras dicen que eso es fatal, que la autocompasión es nefasta. Pues mire usted, señor psiquiatra, yo me tengo lástima a mí misma porque me sale del coño y usted y su sabiduría y pretenciosidad me tocan mucho los cojones.

No hay nada que tranquilice tanto como quince minutos de buen llanto y buen sollozo. Me lavo la cara, me pongo crema de noche, mi pijama limpio y me tomo dos aspirinas. Empiezo a cepillarme el pelo cuando oigo la puerta de la calle. Ahí está el muy cabrón.

Ha tenido —siempre la tiene— mucha suerte, porque me ha pillado absolutamente desahogada y calmada. No le voy a hacer ningún número, porque entre otras cosas, quizá sea lo que él esté esperando y, naturalmente, tiene preparadas todas las respuestas.

Sólo estoy cansada y quiero dormir. Una buena llantina es fenomenal para los nervios, aunque te deja de cama. Pero algo tengo que hacer. Lo trataré con distancia e indiferencia. Como si fuera normal que yo le espere desde las ocho a las dos y media o las tres de la madrugada. La indiferencia molesta bastante. Por lo menos no está muerto, ya es algo.

—Mi amor, ¿estás ahí?

Da con los nudillos en la puerta del baño, como si yo además de sorda fuera gilipollas.

Una idea cruza mi mente. Su horrendo sentido de culpabilidad le hace pensar que estoy en la bañera con las venas abiertas. Cuando éramos novios y nos veíamos a escondidas le aterraba que me metiera en el baño más de dos minutos y medio. Pensaba todo el rato que me iba a suicidar. Así que no contesto. Sigo dándole al cepillo.

—¡Carmen, abre la puerta inmediatamente! ¡Abre!

Grita y aporrea la puerta.

—¡Voy a tirar la puerta! ¡Abre!

Sé que lo haría, que tiraría la puerta; el miedo desarrolla en los seres humanos una fuerza y una habilidad inusitadas. Y está Diego, que se puede llevar un susto de muerte oyendo a su padre dar alaridos y porrazos a la puerta.

Abro y se me cae encima. Los dos nos caemos encima del lavabo y también caen todos los tarros de cristal que había en la repisa.

—¿Estás bien? —me dice agarrándome los dos brazos y echando una ojeada a la bañera para ver si rezuma sangre.

—Que sí, joder, yo estoy bien, pero mira el lavabo cómo está. —Lleno de cristales rotos y con una grieta de este a oeste, así estaba el lavabo.

—Pensé que habías hecho una locura. ¿Estás bien de verdad? —Antonio me mira de arriba abajo, intentando buscar algún síntoma de autolesión. Mira en el retrete a ver si hay rastros de vómitos. Este tío es idiota.

—Mira Antonio, me estaba desmaquillando y cepillándome el pelo, tío. ¿Tú estás bien?

Diego aparece en el umbral de la puerta del baño con la cara desencajada y llena de lágrimas.

—Papá, se me ha caído encima el Empire State Building —solloza el pobre crío totalmente dormido y aterrorizado por alguna extraña pesadilla desencadenada probablemente por los porrazos de Antonio a la puerta y el ruido de los frascos rotos en el lavabo.

—Anda, hijo, vuelve a la cama. No te preocupes que no se ha caído nada —acompaño al sonámbulo hasta la cama. Le doy a beber un trago de leche. Su padre viene detrás de nosotros musitando angustiado.

—Este niño, por Dios Santo, qué le pasa; está enfermo.

—No le pasa nada, ha tenido una pesadilla. Le ocurre con frecuencia. Ha ido al cine a ver *Star Treck,* no es extraño.

—Pero, ¿cómo no va a ser extraño? ¿No ves que está completamente vestido, con pantalones y todo? ¡Pero qué guarrería es ésta!

—No es ninguna guarrería, Antonio. Llegó tarde y

cansado y se quedó dormido vestido. No pasa nada, no es la primera vez. Diego, guapo, no te duermas todavía, quítate el pantalón, anda tesoro, quítate tú solito el pantalón.

Pero Diego es un zombi adormilado. Le desabrocho el cinturón y empiezo a bajar la cremallera. Pero el tío, inconsciente y todo, se resiste y se sujeta la cintura con las manos.

—Antonio, quítale tú los pantalones, que será más fácil.

—¿Yo? Yo nunca le he desnudado.

—¡Pues mira, ya va siendo hora de que lo hagas, es tu hijo! ¡Y además, dale un beso y tranquilízalo y sé un poco tierno con él!

Dejo a padre e hijo y me voy a mi cuarto. Es increíble el pánico que tienen los hombres a ser tiernos y amorosos con sus hijos. Es como si un beso les fuera a costar dos millones de pesetas o les fueran a cobrar un veintidós por ciento de interés por cada uno que dieran. Algo tan simple como acariciar y besar, agarrar una mano, tocar una cabeza. Qué barbaridad, qué roñosos son en su afecto, en sus sentimientos, en sus emociones.

Me meto en la cama y apago mi luz. Tengo un sueño invencible. Cuando me estoy quedando frita, llega Antonio y empieza a desnudarse. Los hombres conjugan este verbo de la siguiente manera: cinturón encima del sillón; corbata arrojada al sillón que cae al suelo; un zapato aquí, el otro debajo de la cama, camisa, calcetines y calzoncillos al suelo; pantalones apoyados en una butaca. (A la mañana siguiente, cuando una los va a coger para darlos a planchar, se caen a tierra todas las perras, todas las llaves y todas las cerillas.)

—¿Estás dormida, Carmencita? —pone voz meliflua.
«¿Quién puede dormir con todo el follón que estás
armando?», pienso.

—¿No me preguntas dónde he estado?

Mira que me había jurado a mí misma ser distante
e indiferente, pero me puede mi maldito carácter.

—No tienes que decirme dónde has estado. Puedes
hacer lo que te plazca y no tienes que darme ninguna ex-
plicación. Es más, prefiero que no me des ninguna, porque no tienes necesidad de mentirme.

—Pero qué tonta eres. ¿Qué pasa, que piensas que
me he ido por ahí de pingones? Eso crees, a que sí.

Me doy media vuelta y le miro. Está sonriente y
tiene buen aspecto. Ha bebido algo pero no mucho. Y
mi comentario, que podía habérmelo metido en el
culo antes de decirlo, le ha dado seguridad y buen
humor, porque le ha demostrado que yo estaba dolida
y herida.

—No, mira, Antonio, guapo. Es tardísimo, estoy cansada y no quiero que me cuentes ahora tus aventuras.
Déjalo para mañana, ¿eh?

—Pero tú en algún momento has podido llegar a
pensar que te pongo los cuernos o qué. Yo que soy un
modelo de fidelidad, que no pienso más que en ti, en
nosotros, que además lo único que hago es trabajar sin
parar. Sin ir más lejos, esta noche he conseguido un con
trato cojonudo con una empresa alemana.

Su seguridad me pone enferma y me despierta totalmente.

—¡Cojonudo! ¿Y dónde has hecho el contrato, en el
desierto del Sahara? ¿Un sitio donde no había teléfono
para llamar? ¿Qué pensarías tú, si yo digo que llegaré
a casa a las ocho y aparezco a las dos y media de la ma-

drugada? ¿Me quieres decir qué pensarías tú? Pues que te la estaba dando con otro, naturalmente. ¿O no?

Me he levantado de la cama, he encendido un cigarrillo. Cierro las puertas del armario, que él se dejó abiertas de par en par. Y le miro. Durante mi razonada arenga se ha dormido como un bebé, con los brazos entrelazados detrás de la nuca. No ha oído una sola palabra de lo que le he dicho. Pero yo ya me he desvelado. No tengo ni pizca de sueño. Me acuesto, me pongo a leer *Dinero* de Martin Amis, pero no puedo concentrarme porque la desfachatez de Antonio me pone a cien otra vez.

Un contrato cojonudo con una firma alemana. ¡Qué cagada! Poco a poco siento que me invade una especie, más que de sueño, de fatiga. Los párpados se me cierran. Me inclino para apagar la luz y en ese momento se oye un estruendo: Antonio empieza a roncar como un mamut. Le muevo un poco y los ronquidos pasan a otra escala, silbantes, como los del cocodrilo.

—Me cago en su puta madre, ¡Antonio!

—Qué pada, qué pada…, te quiero mucho… —farfulla el tronco en sueños.

Qué noche, qué noche, qué noche. Añoro los tiempos en los que vivía sola y en los que no tenía que aguantar a ningún tío al lado roncando. Añoro, añoro, no sé qué coño añoro. Son las cuatro de la madrugada y no puedo dormirme ni leer. Pero esta vez no voy a llorar.

Me pongo a cantar: *Dime cuándo tú vendrás, dime cuándo, cuándo, cuándo.*

—¿Qué te pasa ahora? ¿Por qué cantas? ¿Estás loca?

—Si tú roncas, yo canto.

—¿Que yo ronco? ¿Estaba roncando?

—Sí, roncabas. Tú, atajo de perfecciones, roncabas

y además he de decirte que con toda la orquesta: flauta, trombón, oboe y hasta violonchelo.

—Estás loca, estás de atar. O sea, que como yo ronco —que es mentira— tú te pones a cantar a voz en grito.

—Si tú roncas, yo no puedo dormirme; si te muevo, te asustas y si te digo que roncas, te cabreas. Pues entonces, canto.

Se abraza a su almohada y hunde la cabeza en ella.

—Oh, Dios, qué noche me estás dando. Y mañana me tengo que levantar a las siete y cuarto. Tengo una cita a las ocho.

—¡Ah, a mí no me mires! Si te hubieras acostado a las once… ¡Pero no pretenderás llegar a tu casa a las tres de la mañana y que todo sea como la seda! Yo también tengo que madrugar mañana, a ver si te crees que eres el único mortal que madruga, el único que trabaja.

Se ha quedado absolutamente frito de repente. En cambio, yo no me dormiré ni con UN KILO DE VALIUM. Le veo dormir y me da envidia. Le toco la cabeza:

—Antoñito…, Tony…

Le rozo levemente la oreja. Me da un manotazo impresionante y se revuelve acomodándose para dormir a costa de lo que sea y pase lo que pase en el mundo. A mí, sin embargo, me apetece jugar, hacer guarrerías y cosas feas, ahora que no nos ve nadie. Pero no hay manera, no se deja el cabrón.

III.   El invierno

ALERGIAS NAVIDEÑAS

Tengo a los tres niños en casa. Y cuando digo en casa, no es un decir, ni mucho menos una forma de hablar. Se pasan la vida en casa. Y esto con tres adolescentes quiere decir botellas de coca-cola por todas las habitaciones, mondaduras de mandarinas en los ceniceros, esqueletos de manzanas en las mesas y la casa helada, ya que no hay calefacción que resista cuando las ventanas del baño de los chicos y de sus dormitorios están permanentemente abiertas.

¿Y por qué? Pues porque ellos las abren de par en par para que no se note que se echan un cigarrito de vez en cuando. Marta y Diego sobre todo. Porque Sergio no fuma tabaco, sólo marihuana y derivados, pero tiene la precaución de no hacerlo en casa, desde un día que revisé su cuarto y le encontré un cajón lleno de chinas y se las tiré todas a la basura.

—Has arrojado a la mierda mis ahorros —me dijo, gallito.

—Y un día te voy a tirar a ti detrás, porque si sigues fumando esa porquería te vas a convertir en un trapo sucio que habrá que enterrar en basura.

Los tres deberían haber ido hoy al colegio, pero hay huelga de colegios privados y públicos, y ya empalman con las vacaciones. Es estupendo. Oigo a Martita discutir con la asistenta sobre cómo hay que lavar una blusa para que no encoja, cuando de lo que se tiene que preocupar Martita es de hacer algo para no crecer tanto, que me asusta la estatura que tiene esta chica. Tiene suerte, sin embargo, de que le haya tocado vivir en la época de la minifalda, pues a pesar de la diferencia de longitud entre ella y yo, le valen mis faldas. A ella le llegan por medio muslo, pero está encantada.

Sin embargo intento olvidarme y me concentro en mi trabajo. Estoy en casa escribiendo un artículo sobre dónde y cómo van a pasar las Navidades los señores parlamentarios. Es un tema apasionante y, definitivamente, con este artículo me darán el Premio Nacional de Periodismo de este año. Aunque parezca una tontería, se tarda su tiempo en rellenar seis folios, en tono legible y ameno, reproduciendo lo que me han dicho sus señorías. Sobre todo por la originalidad de sus respuestas. He hecho un cómputo a ojo y me da que el noventa y nueve por ciento «quiere descansar», de ese noventa y nueve por ciento, la mitad «en casa con la familia y escuchando música clásica» y la otra mitad «en algún sitio tranquilo». Hay un uno por ciento que cuando le hice la pregunta «¿dónde va usted en Navidad?», me dijo: «Pero a ti qué coño te importa dónde voy o no voy en Navidad». Eso lo tomo yo como un síntoma inequívoco de que hay un inicio de rebelión hacia la curiosidad malsana de los periodistas que, si se extiende, puede provocar el hundi-

miento de nuestra profesión y un cambio importante en
el comportamiento de la sociedad española.

Lo que en realidad quiero decir es que estoy acojo-
nada porque faltan tres días para Navidad y, como siempre, me ha pillado desprevenida. Parece, además, que
la Navidad del año pasado fue ayer por la mañana. Tengo la sensación de que no me he recuperado de una Navidad para entrar en otra.

Llega la asistenta con un plumero.

—Sita, ¿subo leche?

—Si no hay, sí. Emilia no me moleste porque estoy
trabajando.

—No, si no quiero molestarla. Era sólo que si subo
leche o no. Y que el sito Sergio, vaya guarrazo, cómo
ha traído los calzoncillos.

—Emilia, lo importante es que los haya traído.

—Es que, señorita, yo no sé dónde se meten, ni lo
que hacen, pero hay que ver cómo traen la ropa de guarra. El sito Diego, igual.

Son hombres, Emilia.

—La sita Martita, en cambio, es muy limpia, eso sí.
Vaya diferencia. Es cariñosa y se ve lo bien educada que
está. En cambio los gamberros esos...

—Emilia, que me deje trabajar.

—Yo no quiero molestarla, sita. ¿Me dijo que subie-
ra leche o no?

—¡Que sí, leche, que suba leche!

Desaparece como ofendida. Pero sé que volverá.

Suena el teléfono y naturalmente no lo cojo porque
será para uno de los chicos o preguntando por Antonio.

—Sita, que llaman preguntando por el señor.

—Pues que le llamen a su oficina.

Desaparece Emilia. Pero al segundo regresa:

—Que es un señor que dice que si no está el señor que quiere hablar con Diego.

—¡Pues dígale a Diego que se ponga, coño, joder!

—Sita, es que Diego ha dicho que no se le moleste que está haciendo las quinielas.

—Pero, ¡¡¿será posible?!! O sea, que a mí, que estoy trabajando, no importa que se me interrumpa todo el rato. Pero al señorito Diego, como ha dicho que no se le moleste, usted no se atreve ni a decirle que le llaman por teléfono. ¡Cielos!

Empujo a Emilia fuera de la habitación y cierro la puerta detrás de ella. La próxima asistenta será muda, lo juro.

De todas formas es increíble que a esta buena mujer le parezca normal interrumpir cuando le da la gana, a pesar de haberle dicho mil veces que no quiero que me hable cuando me ve enzarzada con la máquina de escribir. Pues no hay manera. En cambio, si Diego, que es un mocoso, le dice que no le moleste, ella a obedecerle, incluso mi asistenta me toma por el pito del sereno. Diego en cambio, claro, es un tío y cuando un tío da una orden, se cumple a rajatabla. Obedecer a un hombre, creo que lo llevamos dentro todas. Al padre, al cura, al jefe, al señorito, al marido, al amante. Qué asco de vida.

Suena otra vez el teléfono. Y ahora sí lo cojo, porque prefiero enfrentarme yo sola a las inclemencias del destino que ver en persona a la asistenta otra vez.

Es una operadora que me pregunta si acepto una llamada desde São Paulo. Es João, claro. Me cruza la tentación de decir que no, que no acepto, pero pienso que querrá hablar con Sergio y, al fin y al cabo, es su hijo y tiene todo el derecho del mundo, aunque sea pagando yo. Se oye la voz de João, melosa y tropical:

—Cagmem, coraçao, cómo fás...

—Bien, bien. Espera un momento que te paso a tu hijo.

—Scucha, tesoro, yo quero traeg a Sergio pra Navidad acá, conmigo.

—Me parece bien.

—Todu ben, ¿eh? Mais, tú ya sabes que yo no estoy ahoga boyanti.

—O sea, que tú quieres que pague yo el pasaje de Sergio.

—¡Sara vá, Cagmem! Tú pagas ahoga e yo te devuelvo la summa después.

—Oye, João, guapo, si tú quieres ver a Sergio le pagas tú el viaje, ¿entiendes?

—Ma, no es pagag, pagag, es adelantag. Tú adelantas el dinero. No es tan dífisil de entender, ¿no? Sigues con esa mala fe tuya da siempre.

—Oye, yo no pago una conferencia teléfonica con São Paulo para que me insultes. Eres un mierda. Está bien que no te haya yo pedido un puto cruzeiro desde que nos separamos y que a Sergio le mantenga yo, pero que te chulees y me insultes, no te lo consiento.

—¡¡Oh, ah...!! Es imposible conversag contigo, es inútil, estás serrada, ¡brutal!

—Brutal, tu madre.

—¿Vas a pegmitig que tu hijo, tu propio hijo pase la Navidad lejos de su padre? Aquí hase calor, está todu ben, una casa fenomenal, una praya...

—Mira, João. Sólo pagaré el viaje si considero que es esencial para la tranquilidad espiritual de Sergio.

Ahí la cagué. Pero soy sincera. Por un montón de perras que me pagan por escribir bobadas, puedo permitirme el lujo de que Sergio y su padre sigan en contacto. Pienso que mi dinero puede servir para que Sergio no crea que su padre le ha abandonado completamente, cosa que yo pienso le produciría un daño profundo.

Sergio se fue a otra habitación a hablar con su padre. La conversación duró al menos catorce mil pesetas. Por alguna extraña razón son cosas que no me duelen, porque creo que tengo obligación de hacer.

Vuelve Sergio.

—Mami, bonita, ¿quieres que saque a pasear a Ada?

Este chico ha heredado la cosa melosa brasileña. A veces me recuerda a Roberto Carlos hablando español, y él sabe que ese acentillo me descoloca.

—Ya. ¿A ti te apetece ir?

Qué preguntas hago yo, también. ¿A qué crío de dieciocho años no le apetece pasar las Navidades en Brasil y recibir los mimos de su papá y de una señora que será muy amable con él ya que quiere hacer méritos ante João?

Sí, claro, Sergio quiere pasar las Navidades en Brasil. Y yo, ¡nos ha jodido! Por un momento pienso en acompañarle. Nos vamos los dos a Brasil. El se va con su padre y yo con un mulatazo de dos metros, multimillonario.

Abro un cajón y saco mi talonario. La paga extra de Navidad irá íntegra al viaje de Sergio. ¿Y para qué si no trabajo? Por alguna extraña razón nunca he considerado que Antonio debiera hacerse cargo de los gastos de Sergio. Ni de Marta. Cuando me separé de Luis me acostumbré a sacar adelante a los dos niños sola. Qué frase, cómo suena de bien.

Oigo los gritos de Sergio en el fondo de la casa:

—¡Me voy a Brasil, me voy a Brasil, viva!

Y los comentarios de los otros chicos:

—Jo, qué suerte, macho. Qu'envidia me das, tío, de

sacarte d'encima esta mierda de Navidad en familia —es Diego, que odia la Navidad tanto como yo.

Y luego Martita dice:

—Jo, ¿por qué mi padre no es brasileño, tunecino o de las Bahamas? El cabrón tiene que vivir en Segovia. A mí es que siempre me pasa lo mismo. Me caigo en un pajar y me clavo la aguja, palabra.

Estos niños de divorciados son la pera, de verdad. Mi fantasía cuando era pequeña consistía en esperar que mis padres se separaran. Iría a vivir a una casa nueva y conocería a otras mamás y a otros papás que no me darían de cenar repollo y no me castigarían por no haber hecho los deberes y tendría siempre ropa maravillosa. Porque de lo que yo estaba segura era de que los padres divorciados eran siempre ricos. Y no estaba muy equivocada, sobre todo para la época siniestra de los cuarenta-cincuenta. Por cierto, ¿cuántos años cumplo este año: cuarenta y dos o cuarenta y tres? Qué bien, sólo cuarenta y dos, aunque a veces parezca que son ciento cuarenta y dos.

Emilia aparece otra vez con el plumero en la mano y a mí me va a dar algo.

MADRE NO HAY MAS QUE UNA, SOBRE TODO LA SUYA

No hay nada como un bañito caliente lleno de espuma perfumada. Esto me va a poner a mí en órbita. Llevo una semana que, de verdad, estoy pensando seriamente en retirarme a un convento de monjas para siempre.

He trabajado como una mula, he tenido que asistir a la comida de la redacción, a la comida del redactor jefe con los íntimos, a la de los íntimos con el redactor jefe, a una cena con los diputados y a otra con los senadores, a una cena con Mariano y Chelo y con otras dos parejas que acabó ni me acuerdo cómo, sólo recuerdo que subí las escaleras de casa a gatas.

Más luego, claro, la cena de primos que no nos vemos nunca en la vida, pero con los que una cena por Navidad es sagrada. Una comida con mis amigas Kiki y Martina, que se acaba de separar. Mejor dicho, él ha cogido el portante y se ha separado. Le está haciendo todas las guarradas que un tío puede hacerle a una tía en casos semejantes. Injustamente, pues ella, y no es porque sea amiga mía, es una excelente persona. A él le ha costado separarse y ha tardado un tiempo en hacerlo porque le daba rabia. Martina es hija única de ricos y además de padre mayor. O sea, que cuando casque el padre, Martina millonaria. Y eso, al tío le daba rabia.

Bueno, estoy en la gloria metida en este baño cleopátrico. ¡Oh, cielos, la regresión al seno materno! Puedo estarme aquí al menos ocho minutos más antes de que empiece la cuenta atrás: esta noche vamos a una cena con la familia de Antonio. Una cena de tiros largos. Pero me quedan ocho minutos aquí, en el cielo.

Pues no señor.

—¡¡Carmen!! ¿Vas a tardar mucho?

—¡Me estoy bañando, Antonio! ¿Qué quieres?

—¡Es que tengo una urgencia! ¡Abre!

—No jodas. Una urgencia, ¿de qué tipo?

—¡Pues del vientre, de qué va a ser!

—¿A estas horas?

—Ya, pues por eso es una urgencia, pero déjalo, ya me aguantaré.

«Sí, pero ya me has jodido el baño, guapo», me digo a mí misma.

Es que no piensan. A mí me da un achuchón y sé que Antonio está en el baño y me aguanto hasta que salga. Aunque reconozco que a mí eso no me ha pasado desde el 17 de mayo de 1968, que me pilló en París, en medio de una lluvia de adoquines.

Otra vez, nudillos en la puerta.

—¿Todavía estás ahí? ¿Te estás bañando o te estás ahogando?

—¡Me estoy tocando los cojones! ¡Vete al baño de los chicos!

Silencio y pasos por el pasillo. No se le había ocurrido.

Al ratito, vuelta con los nudillos.

—¡Carmen! ¿Me pongo los zapatos negros o los marrones?

—¡Los negros!

—¡¿Y calcetines?!

Salgo de la bañera de mala leche, pongo todo perdido de agua, me enrollo la toalla y abro la puerta.

—¿Por qué en cuanto entro en la bañera vienes a joderme?

—Pero si yo no quería que salieras de la bañera. Sólo quiero que me digas si me pongo los calcetines negros o no.

—Ponte esos rojos con cuadros verdes tan bonitos que tienes.

—¿Ves? Te cabreas en seguida. Luego dices de mí, que no tengo paciencia y que me salgo de mis casillas rápido.

—¿He dicho yo eso últimamente? Lo dudo, porque no hablas…

Estamos ya en el dormitorio.

—Toma, los calcetines que te tienes que poner. Ahora, dime tú a mí, si me pongo las medias negras con costura o mejor las que tienen un dibujo en el tobillo.

—No seas boba. Tú estás bien con cualquier cosa.

El fabuloso tópico va acompañado del no menos tópico beso húmedo y sonoro en la sien.

Mañana es Nochebuena, pero esta noche tenemos que ir a cenar a casa de la madre de Antonio. No tengo nada en contra de mi tercera suegra. Al contrario. Es simplemente que las familias, cualquier familia, incluida la mía, me producen alergia. Pertenezco a esa generación que ha decepcionado profundamente a sus familias. No sé con exactitud qué esperaban de nosotras nuestros padres, pero posiblemente poco de lo que les hemos dado. Casi todas las mujeres de mi edad que conozco han tenido problemas gordos con sus familias. Creo que nosotras nos creímos siempre a pies juntillas que el hecho de estudiar y de tener una carrera o un oficio, de trabajar y de ser económicamente independientes, serviría para hacernos adultas y responsables. Pero los demás no. Y los demás siempre son los padres y los tíos.

Es como si mis padres hubiesen querido que yo estudiara y tuviera una carrera para ser mejor esposa y madre, no para llevar las riendas de mi propia vida. Y los hombres igual. Una esposa con estudios y que trabaja debe entenderles mejor, ser más comprensiva con ellos y ayudarles económicamente a alcanzar un nivel de vida superior.

De ese malentendido quizá vengan todos los problemas. En la generación de mis padres no se concebía que una mujer se separara para ir a vivir sola, por ejemplo. Y hoy es lo que suele suceder.

Las mujeres de mi gencración hemos tenido que pe-
lear contra un régimen político dictatorial, una sociedad
atrasada, una Iglesia opresiva, una generación de hombres que preferían casarse con extranjeras a entender-
nos a nosotras y con el ostracismo en el trabajo. Somos
supervivientes de ni se sabe cuántas batallas bastante
sangrientas, que han dejado muchas huellas y muchas
cicatrices. Me vienen a la mente Elena, Rosa, Kiki,
Clara y Mari Carmen y todas las mujeres que siguen
luchando a brazo partido contra casi todo y contra casi
todos para mantener la cabeza fuera del agua, para no
dejarse avasallar ni en casa, ni en el trabajo, ni en la
vida.

Antonio carraspea al volante del Volvo y se salta un
semáforo en rojo. Eso me saca del ensoñamiento.

—¿Qué haces? Estaba en rojo.

—No podía frenar, detrás de mí venía un tío em-
balado.

—Oye, Antonio, me gustaría volver a casa no muy
tarde, porque mañana tengo que trabajar; aunque sea Nochebuena, tengo que trabajar.

—Y yo, joder. Yo también tengo que trabajar mañana. Pero habrá que hacer un poco de sobremesa. No podemos acabar de cenar y decir: «Bueno, mamá, pues como ya hemos comido, adiós muy buenas».

El cruce de Príncipe de Vergara y López de Hoyos
está totalmente atascado. Los coches pitan, unos conduc-
tores increpan a otros. Es el caos y nosotros estamos atrapados en él. La calefacción del coche es asfixiante. Bajo
la ventanilla, pero la vuelvo a subir porque entra un frío
terrible. El reloj callejero marca las 21:50. A los pocos
minutos aparecen las cifras +2 °C.

—Me jodería mucho llegar tarde a casa de mi madre, seguro que tiene la cena preparada para las diez en punto.

—Todo el mundo sabe que el tráfico está imposible en Madrid estos días. Se imaginará que estamos atrapados en algún atasco.

—Es que deberíamos haber salido antes de casa.

—En eso estoy de acuerdo. Estuve preparada esperándote veinte minutos mientras tú hablabas y hablabas por teléfono, Antonio. Pero no me importa que a tu madre le digas que llegamos tarde porque tardo horas en arreglarme.

—¿He dicho yo eso alguna vez?

—Ultimamente estás bastante discreto, lo reconozco.

—También reconocerás que tú tardas más en arreglarte que yo.

—Porque yo necesito más arreglo que tú.

—Ya empezamos. No me apetece discutir, sobre todo en medio de este follón.

Delante del Volvo hay un Renault 19 completamente atravesado y al volante una rubia envuelta en pieles y con grandes pendientes. Antonio baja la ventanilla y saca medio cuerpo fuera.

—Pero, ¿no ve usted que no puede avanzar? ¡Ahora me ha dejado usted a mí sin poder pasar!

La mujer hace gestos con los brazos diciendo: «¿Qué quiere usted que haga?».

—¡Retroceda un poco!

La señora avanza.

—¡Gilipollas, que es usted gilipollas, señora!

Yo miro para otro lado y me callo. Esto acaba mal, seguro. Enciendo un cigarrillo. Levanto la vista y veo que el asiento de atrás del coche de la señora va lleno de paquetes envueltos en papeles de colores y atados con lazos.

—¡Horror! —exclamo apagando rápidamente el cigarrillo.

—¡Esa es la palabra: horror! A esa tía no la deberían dejar conducir, con tantas pieles y tantos pendientes no se puede mover.

—¿Y qué que sea una tía? —grito yo también—. ¡A ver si es que los tíos conducen muy bien todos!

—No me jodas, ahora dime que soy un machista y ya la tenemos liada.

«No, no —pienso yo—. La tenemos liada, pero por otra razón.»

Por fin conseguimos salir del meollo del atasco y llegamos a López de Hoyos en fila india y a paso de hombre.

Me he dejado los regalos de Navidad para la madre y las hermanas de Antonio encima de la televisión. No me atrevo a decírselo porque me puede matar. Dudo entre desmayarme o tirarme del coche en marcha. También puedo clavarle a Antonio un estilete en el costado, pero no tengo ninguno a mano. Una no debe salir nunca de casa sin un estilete en el bolso.

Una no debe salir de casa, punto. Se me ocurre una idea y la intento.

—Antonio, tenemos que volver porque creo que me he dejado el gas abierto.

—¿El gas? Pero si en casa no hay gas. Que yo sepa, la cocina es eléctrica.

—Me hacen daño los zapatos. Me matan.

—Si no vas a bailar, ni a caminar ni a correr. Llegas allí, te los quitas y se acabó.

Llega a mi mente el recuerdo de un viaje que hicimos muy poco después de conocernos Antonio y yo, en coche a la Costa Azul. Cuando llegamos a la frontera,

Antonio descubrió que se había olvidado el pasaporte, el carné de identidad y el de conducir en la misma cartera. Nos reímos mucho y volvimos a la ciudad. Los tres días que íbamos a pasar en Niza, metidos en la cama, los pasamos en el parador de Oropesa.

Esto es diferente, no nos vamos a reír nada. ¿Cómo he podido salir de casa sin los paquetes? Antonio lo va a tomar como una agresión a su familia y me va a freír.

Opto por el fingimiento y la mentira. En realidad, no lo elijo yo, sino que, como es habitual, la mentira y el fingimiento me eligen a mí. Y ahora ya no hay remedio. Estamos a menos de una manzana del chalecito de la colonia de la Fuente del Berro donde vive la madre de Antonio.

Maldigo en silencio mi mala memoria o mejor dicho mi ausencia de memoria. Maldigo también que me sienta responsable única por el olvido. Antonio al fin y al cabo, él que tiene una memoria privilegiada en general, podía haber pensado en los regalos. Yo los compré, yo los envolví, yo les puse los lacitos, yo les pegué las etiquetas. El podría haberse encargado de recordar que había que traerlos.

Pero no. Porque lo natural es que sea yo quien lleve los regalos, quien friegue los platos acumulados en el fregadero, quien saque la basura, quien haga la cama, quien cierre las persianas, quien vacíe los ceniceros, quien haga y deshaga el equipaje, quien llame a un amigo cuando han operado a su hijo o a su madre, o quien escriba a máquina el domingo una carta urgente para que él la pueda enviar a primera hora de la mañana. Es natural.

Pues estoy harta de que sea natural. Quiero vivir sola otra vez. Quiero que las cosas no sean naturales, sino simplemente necesarias o no, apetecibles o no. Yo también quiero llegar a casa y hacer lo que me dé la gana, dejar la ropa tirada por el suelo y las tazas de café por las mesas y los ceniceros llenos de colillas por todas partes. Quiero representar yo todos los papeles en mi propia función.

Cuando estamos aparcando el coche, de no se sabe qué recóndito lugar, saco el valor de decir:

—Antonio, ¿te acordaste de los regalos para tu familia?

¡Milagro! ¡Funciona!

—¡Pero qué estúpido soy! —Antonio se flagela la frente con la palma de la mano—. ¿Cómo se me han podido olvidar los regalos?

No me atrevo a cantar victoria porque puede venir don Paco con la rebaja en cualquier momento.

—Tú también podías habérmelo recordado, ¿sabes? —me dice.

—¿Yo? Ya sabes que a mí se me olvida todo, Antonio. Lo que podemos hacer es que mientras tomáis el aperitivo, yo vuelvo a por los paquetes a casa. A mí no me molesta nada, en serio.

—Ya, y así te libras de la cena. Ni hablar. Te conozco, volverías a las doce menos cinco. Ya sé lo que voy a hacer.

Entramos en la casa, un chalecito agradable, sencillo y coqueto. El jardín impecable y la casa como siempre. Besos, abrazos, saludos. Antonio pide que le disculpen, que tiene que hacer una llamada telefónica urgente.

—¿Llevas tu agenda en el bolso? —me dice.

—No, no la llevo, ¿por qué?

—Ven un momento conmigo. Perdona mamá, en seguida volvemos.

Junto al teléfono me ordena:

—¡Llama a la vecina de abajo y dile que suba a casa, coja los paquetes y espere a que vaya un taxi a por ellos! ¡Luego llamas al teletaxi y le dices que se dirija a casa, recoja los paquetes y venga aquí!

—Voy a tardar menos en ir y volver yo misma.

Pero Antonio desaparece en el salón con su madre y sus hermanas.

Estoy veinte minutos al teléfono. Naturalmente, la vecina de abajo comunica todo el rato. Al fin lo consigo. También debe tener a toda su familia a cenar, ya que hay un barullo impresionante en la casa. Le cuento la historia. No pone ningún inconveniente. No sé cómo nos aguanta la pobre, siempre le estamos pidiendo favores.

Luego llamo al teletaxi: o no contestan o comunican. Me empiezo a poner histérica. Por fin, una voz de señorita angustiada y sobrecargada de trabajo me atiende. Las explicaciones son largas y tediosas, interrumpidas constantemente por un «espere un momento, por favor. No se retire», y la oigo dar instrucciones a algún taxista que está perdido en la jungla de Madrid o desesperado porque su cliente no aparece. Cuando la señorita vuelve a hablar conmigo, tengo que repetir todo desde el principio. Varias veces estoy a punto de colgar, coger el coche y hacerlo todo yo misma.

Pero me freno, porque al final he recibido el justo castigo a mi error. Es una de las pocas cosas que he aprendido en la vida: todos los errores se pagan por nimios e inocentes que sean.

Regreso al salón. La madre de Antonio me acoge con una copa:

—Hija, creíamos que no terminabas nunca. Vamos a cenar ya.

—Lo siento —digo yo muy fina—. Es que los teléfonos están fatal.

Vamos todos hacia la mesa. Antonio le aparta a su madre la silla, cosa que no le he visto hacer con nadie en este mundo.

—Mamá, podías haber puesto algún adornito de Navidad —dice él. Noto que para dirigirse a su madre, Antonio sube medio tono su voz.

—Quita, quita, hijo. Déjate de adornitos, que primero hay que ponerlos y luego quitarlos y una ya no está para esos trotes. Cuando erais pequeños, todavía, pero ahora no lo hago ni por los nietos.

—Ya, ya. Pero para irte a la India y a Tailandia un mes, eso no te da pereza.

—Naturalmente —interviene la hermana—. Si a ella le gusta viajar y puede, pues está muy bien que lo haga.

Antonio insiste:

—Pero es que una casa así, sin adornos ni nada, no sé...

—Bueno, «Toñito», a ver si ahora te vas a poner sentimental, a tu edad.

El «Toñito» me suena a confabulación materno-filial, a lenguaje misterioso y uterino. Tengo celos. Me están entrando unos celos horribles. Junto a su madre, Antonio incluso parece rejuvenecido.

—Oye, mamá —dice recogiendo el plato lleno de comida que le alarga su madre—. Para viajar tanto andarás muy bien de dinero.

—¡Huy, qué pregunta! ¿Y a ti qué te importa cómo

ando yo de dinero? —contesta la madre con un buen humor coqueto y cómplice—. Gracias a Dios no me falta, hijo. Aunque podría estar mejor.

A mí, Antonio, jamás me pregunta si voy bien o mal de dinero. El supone que ando bien y que si me falta se lo pediré. Casi nunca lo hago, porque yo no le he pedido nunca dinero a nadie, sólo a mi padre cuando era muy joven y no trabajaba todavía y me fastidiaba cantidad tener que pedírselo. A cambio, siempre me hacía algún chantajillo sentimental, como decirme: «Si me das un beso, te doy dos duros más» o «Si te portas mejor la semana que viene, te aumento el sueldo».

—Antonio, yo creo —digo sin pensarlo— que, antes de interrogar a tu madre sobre sus finanzas, podrías regalarle un millón de pesetas o dos.

—¡Claro, eso está muy bien! —exclama la hermana mayor.

—¡Una idea fantástica! —subraya la hermana menor.

La cara de Antonio no refleja el mismo entusiasmo. Ni la de sus cuñados tampoco. Reflejan más bien estupefacción.

—Yo reconozco que así, un millón de golpe, no me vendría nada mal —dice la madre con los ojillos brillantes.

—Pero qué es esto, ¿una conspiración de mujeres para acojonarme? —dice Antonio, utilizando la vieja táctica, tan masculina y tan obvia, de defenderse atacando.

Antonio me mira con reproche. La culpa ha sido mía. Yo, como siempre, haciendo números —en el mal sentido de la palabra— cuando me lleva con su familia. A todo esto, el taxista no llega con los regalos. Y yo, poniéndome de nuevo en lo peor, pienso que quizá el taxista prefiera quedarse con los regalos antes que cobrar la carrera. El hombre calculará que le trae mucha más cuenta. Y me hará quedar a mí como una estúpida.

—Mamá —oigo la voz de Antonio poniendo mucho énfasis en la segunda «a»—, si tú necesitas un millón de pesetas, yo te lo doy con mucho gusto. Pero si no lo necesitas...

—Todo el mundo necesita un millón de pesetas, Antonio.

—Tú, Carmen, hazme el favor de no intervenir en esto, ¿quieres?

El tono de su voz es firme y lleno de mala educación.

—Tiene razón ella, con un milloncejo podría arreglar la cocina que está anticuada, estarme dos meses en la India en lugar de uno o irme a Hawai, que no conozco y me apetece mucho.

La madre de Antonio es viuda y a Antonio le resulta duro de roer que, desde que murió su padre, la buena señora se haya dedicado a viajar y a vivir su vida. Está siempre alegre, dinámica, no se queja nunca de la soledad ni de nada en general. Cuida su jardín, viaja, juega partidas con sus amigas y va al teatro y a conciertos. Tanta independencia no deja de desconcertar a Antonio, que de alguna manera se considera el hombre de la familia desde que murió su padre.

La comida está exquisita. Un pavo navideño con todos los aditamentos que manda la tradición: relleno, puré de castañas, lombarda y un vino tinto fuerte del año 72. Pero la cena se va a joder porque lo del dinero le ha puesto a Antonio en una mala postura. Y me temo que voy a ser yo quien la va a pagar.

Alguien llama a la puerta. Es el taxista. El truco no ha estado mal. El taxista es Papa Noel que llega con los regalos y todo se convierte en un golpe de efecto.

En un aparte le pido dinero a Antonio para pagar el taxi.

Me da mil duros.

—Seguro que no tiene cambio, ¿no tienes más pequeño?

—Me dejé el cambio en casa.

Voy a por el bolso y afortunadamente mi desorden siempre me socorre. Busco monedas sueltas. En la funda de una polvera, que no empleo jamás, pero que llevo siempre en un bolso pequeño que sólo utilizo cuando voy de elegante, hay mil pesetas que no tengo ni idea de cómo han llegado hasta allí, ni desde cuándo están en ese lugar.

Pago al taxista, le digo si quiere una cerveza o una copa de champán y me dice que sí, que gracias. Vuelvo al comedor, cojo una copa, la lleno de Codorniu y se la doy al hombre.

—S'agradece —me dice—. Esta es una noche de mucho curre. Hasta las seis de la mañana pegado al volante, fíjese.

Antes de que me cuente su vida, le pago y le cierro la puerta en las narices.

En el comedor ya están abriendo los regalos. Antonio sigue con mala cara. Supongo que se teme lo peor. El no sabe qué es lo que le he comprado a su familia. Nunca tiene tiempo para ir de compras. Está convencido de que a mí me gusta hacerlo por el hecho de ser mujer, aunque le he dicho mil veces que detesto ir de compras, que me mareo en los grandes almacenes y que se me nubla la mente cuando tengo que comprar regalos. Pero si no iba yo, no iba nadie.

Cuando la madre ve su regalo, un reloj, se queda pegada a la silla. Es una pieza de joyería maravillosa.

—¡Antonio! —exclama—. ¡Pero esto es una joya!

Las hermanas ven boquiabiertas también sus preciosos collares y los cuñados unas billeteras de cuero increíbles.

Me siento satisfecha por el efecto. Antonio está pálido, su ordenador mental está sumando cifras escandalosas. Piensa que le hubiera salido más barato darles el millón de pesetas en la mano.

Pero la verdad es bien distinta, aunque no la cantaré nunca, ni sometida a tortura: no todo lo que parece caro lo es. Pero todo lo bonito siempre parece caro o al menos merece serlo. Esto es algo que los hombres, que tienen un sentido bastante equivocado del dinero, no sabrán nunca. Ellos siempre se ríen mucho de nosotras y de nuestra afición a las rebajas y eso. Cuando Antonio o cualquier hombre que conozco entra en una tienda a comprar algo, me echo a temblar. Se va a llevar lo más caro, lo más inútil y lo de peor calidad. Todo lo que yo ahorro por un lado pateándome tiendas y aprovechando ocasiones, él se lo machaca en una hora comprando un regalo demasiado ostentoso, demasiado grande, demasiado emperifollado o simplemente cursi para alguien.

Pero Antonio sigue con la faz demudada. Su madre y sus hermanas se le abrazan al cuello agradeciéndole los regalos. Le doy una copa y le digo al oído:

—No te preocupes, mi amor, que no son tan caros como tú crees. Ya me conoces. Soy una roñosa.

Porque una cosa es que él se gaste lo que sea en regalos sin mirar el precio y otra muy diferente es que lo haga yo, pues él gasta, pero yo despilfarro.

Después de la cena, las hermanas y yo recogemos la mesa y colocamos los platos sucios en el lavavajillas.

—Estoy hasta el moño de que tengamos que ser siempre nosotras las que debamos recoger la mesa —dice la hermana mayor, que es anestesista—. Y todo porque está Antonio, el niño bonito. En mi casa, Alfredo se retrata, que le tengo yo muy bien enseñado.

—Es igual, qué más da. Yo eso de que sea normal que nosotras recojamos la mesa lo tengo ya asumido —comenté.

—Asumido. Esa es la palabra. Una vez que tienes todo asumido es cojonudo, porque ellos se ponen a vivir como príncipes. Tú asumes y ellos disfrutan.

—Déjalo ya, no seas pelmaza, que cada vez que venimos a casa de mamá te pones con la misma monserga —dijo la menor.

—¿Sabéis una cosa? —añadió la mayor soltando el delantal y encendiendo un cigarrillo—. Me voy a separar de Alfredo. No le aguanto más.

Como respondiendo al mensaje, se oyó la voz de Alfredo:

—¡¡Ese café!! ¿Viene o no viene?

—¿Lo veis? No le aguanto. Es mandón, egoísta, ordinario, prepotente, desconsiderado y además ronca.

—Eso lo son todos y lo hacen todos —aclaré.

—Pero Alfredo más. El otro día estaba yo hecha mierda porque se nos murió un señor en el quirófano. Llegué a casa y me eché a llorar, ¿sabes lo que me dijo este animal de bellota?

—Te dijo que si estaba la cena lista.

—Peor. Me dijo que yo me había empeñado en trabajar y que me jodiera. Que él también tiene problemas en el trabajo y que no se los trae a casa ni empieza a llorar cuando le devuelven una letra.

—Es un cabrón —comentó la menor.

—Y un hijo de puta —añadí.

—Estuve a punto de inyectarle una sobredosis pentotal en vena cuando se quedó frito viendo *El precio ajustado,* ése.

—Oye, tú que te has separado tantas veces —me dijo mientras no ponía, sino que arrojaba las tazas sobre la bandeja—, ¿cómo se separa una? Me refiero a la cosa práctica.

—Pues es sencillo. Metes en una maleta lo que te parece imprescindible de momento y te vas.

—¿Y dejas una carta? —preguntó la mayor.

—Yo no lo aconsejo. Simplemente desapareces. Si tienes pasta te vas a un hotel y si no te vas a casa de alguien de confianza. Nunca te vayas a casa de otro tío. Tú lo tienes fácil: te vas al hospital. Según me han dicho, los que trabajáis en los hospitales sois como una gran familia. Te refugias allí, que además es donde trabajas y por tanto estás en tu terreno.

Oigo mi propia voz en medio del silencio y sé que pasa algo raro. Me doy la vuelta y veo a Antonio en el quicio de la puerta. Sus hermanas hacen como que se afanan en la cocina.

—Muy bonito. Dándole consejos a mi hermana para que abandone a su marido. ¿Por qué no pones un consultorio sentimental?

—Que no estábamos hablando de tu hermana, sino de una amiga que conozco yo, que les estaba contando…

—No vengas con chorradas. Lo he oído todo y no tienes ningún derecho a aconsejarle a mi hermana que se separe de su marido.

—No me estaba aconsejando. Estábamos hablando simplemente. ¡¿O es que está prohibido hablar?!

—Lo siento. De verdad que no quiero meter cizaña,

lo siento mucho —cojo la bandeja del café, pero me tiembla el pulso.

—Además, ¿tú quién te crees que eres?, ¿mi padre? —la hermana mayor me quita la bandeja bruscamente de las manos—. Pues te diré que sólo eres mi hermano y serás el último tío al que yo le pida un consejo sobre lo que tengo que hacer o no hacer con mi vida. Y a esta santa, no le levantes la voz porque te tiro la cafetera a la cabeza. Yo no sé cómo te aguanta.

La mujer andaba por el pasillo a grandes zancadas. Las tazas tintineaban en la bandeja que dejó con violencia en la mesita del salón.

—Hombre, el café. Ya era hora... —dijo Alfredo, que estaba repanchingado en una butaca, con una copa de coñac en sus manos, que por los ojos, debía ser la tercera.

—¿Ya era hora? ¡Me cagoendios! —exclamó la anestesista.

—¡Hija, por favor, qué lenguaje!

Se va a armar, lo sé. Veo a mi cuñada y es como si me viera a mí misma: enfurecida, herida, embalada en una cólera que ha estado contenida mucho tiempo que, de repente, sale afuera y es imposible volverla a meter en su caja. Una cólera líquida que se desborda y se cuela por todos los resquicios.

—Tómate una copa, anda —le ofrezco un poco de brandy.

—¡No puedo beber! Tengo una operación a las siete.

—Y yo una entrevista a las nueve. Antonio, deberíamos irnos todos a la cama.

Menos mal, se deshace la velada a tiempo, cosa que no siempre suele ocurrir.

El aire helador de la madrugada de invierno nos hace bien a todos. La madre de Antonio le despide con un beso en la frente:

—Adiós, hijito, cuídate.

Juraría que tiene lágrimas en los ojos.

De sus hijas se despide con un beso en la mejilla, como si fueran amigas que se separan después de una partida de canasta. Para ella, Antonio es el hijo, EL REY, EL SEÑOR DE SU CORAZON, el príncipe de la casa, el sol de su vida.

Para mí, es un señor que ronca, que me regaña a menudo y al que los vencimientos de los créditos le impiden hacer el amor.

Qué confusión.

CUANDO ALGUIEN QUIERA DECIRTE LA VERDAD, HUYE

Estoy indignada con la vida en general y con la gente en particular. El ascensor sigue sin funcionar, porque parece que falta una pieza que tenía que llegar de Alemania y no ha llegado todavía, como si Alemania fuera el Polo Norte y la trajeran en diligencia. La caldera de la calefacción explotó hace una semana y hay que cambiarla entera por una nueva, cosa que no sucederá hasta dentro de un mes, en marzo, cuando se acabe el invierno.

Los primeros días sin calefacción se soportaban entre otras cosas porque no hacía demasiado frío en la calle. Pero la casa se ha ido enfriando y la temperatura ha ido descendiendo y esto es como una nevera. Al andar por el pasillo, el frío corta la cara. He tenido que gastarme una pasta increíble en estufas eléctricas que me van a poner la cuenta de la luz por las nubes, claro. Tampoco existe el consuelo del baño caliente, porque, naturalmente, el agua y la calefacción funcionan con la misma caldera.

Si no nieva esta noche le faltará el canto de un duro. Hay una quietud fuera muy típica de lo que precede a la nevada. Estoy sola en casa. Todos los niños están recogidos en diversos colegios del mundo. Sergio en Estados Unidos, Martita en Francia y Diego en Londres.

El día que se rompió la caldera, Antonio comenzaba un periplo comercial por Londres, Amsterdam, Roma y Los Angeles, con lo cual el muy suertudo se va a perder la aventura de Siberia que vivo yo sin salir de Madrid. Lleva cuatro días ausente y no me ha llamado por teléfono ni una vez, al menos mientras yo estaba en casa. No le quiero llamar, o sí le quiero llamar, pero me resisto. ¿Y si cuando me pongan con su habitación en un hotel romano me contesta una voz de mujer? Es una situación tan clásica que me llena de vergüenza ajena. Es como entrar en vuestro dormitorio y encontrarte a tu marido con una tía en la cama. Se ha visto tantas veces en el cine que cualquier reacción que pueda uno tener suena a *déjà vu* y por tanto a falso, a sobreactuado.

Tampoco hay razones objetivas que digamos para que yo pueda pensar que está magreando a una tía en una cama holandesa. La verdad es que Antonio es lo que se llama un hombre serio y muy concentrado en su trabajo. Pero es que eso también es excesivamente clásico y por ello sospechoso. Si me pusiera los cuernos lo haría amparado por su prestigio de seriedad y laboriosidad, y no iba a poner un anuncio en los periódicos:

> ATENCION, CARMEN:
> TE ESTOY PONIENDO LOS
> CUERNOS. ENTRE REUNION
> Y REUNION, JUNTA RESTRINGIDA
> DE ACCIONISTAS EN LA CAMA.

Y no sólo eso, sino que los hombres más apetecibles para las mujeres en busca de emociones fuertes son los que aparentan distanciamiento y falta de interés. Los ligones profesionales no se suelen comer muchas roscas. Antonio está muy bien para su edad. Es más, según su edad avanza, está mejor. Esto les pasa a los tíos. A nosotras nos sucede justo lo contrario.

Pero lo peor es la moda de que las chicas jóvenes se dediquen a curar su edipo con los señores veinte años mayores que ellas. El hecho ha sucedido siempre, creo. Toda la vida las jovencitas se han enamorado de sus profesores y de los amigos de sus padres. Pero antes, la sociedad y los propios señores consideraban estos enamoramientos como cosas pasajeras que mejor evitar, ocultar y desde luego intentar arrancar de raíz. Ahora, en cambio, se ha puesto de moda aceptarlo como un hecho natural e incluso bueno.

Yo no tengo nada en contra. Me parece bien que un señor y una chiquita joven se enamoren y se ajunten si quieren. Lo que me indigna es que la sociedad todavía condena los amores o amoríos entre una señora madura y un jovencito. Sigue considerándose un hecho aberrante, rayando en la depravación. Y siempre la suciedad supone e imagina que hay por medio un pago, un dinero, un interés económico, porque si no, ¿cómo puede un CHICO JOVEN andar con una VIEJA de cuarenta y cinco años?

Yo pienso que a lo mejor porque está enamorado de ella y porque le gusta. Hay muchos jóvenes a quienes les gustan las maduras más que un bocadillo de calamares fritos. Pero está mal visto, de eso no hay duda. A mí misma me daría un poco de repelús que Sergio o Diego se enamoraran de un vejestorio como yo. Es más, creo que me daría algo. Es como lo de los negros. No somos racistas en absoluto, pero sería duro imaginar a Martita casada o embarazada de un moreno. O tener una nuera coloreada. No es lo mismo, nos decimos. Pues a mí me parece que sí es lo mismo y que, cuando las grandes ideas chocan con lo personal, algo nos está fallando.

No sé qué coño prefiero, si ignorar que Antonio me pone los cuernos o saberlo. En realidad creo que prefiero no saber nada. Los años me han hecho odiar la sinceridad. La detesto. Cuando alguien me dice «voy a ser muy sincera o sincero contigo», me pongo a temblar. Me va a herir, me va a humillar o me va a decir algo que no quiero oír o que me importa un rábano saber. Y además, creo que «ser sincero» no significa lo mismo que decir la verdad. La verdad suele estar bastante oculta y resulta difícil de desenterrar.

Luis, mi segundo marido, me dijo un día, mejor dicho una tarde:

—Quiero hablarte con toda sinceridad.

Yo le dije:

—Entonces no hables.

El insistió:

—Sí, sí. Tengo que decírtelo, porque he decidido ser muy sincero contigo.

—Y dale —le dije—. O sea, que hasta ahora, me has estado mintiendo.

EL: No, no. Tampoco es eso.

YO: Entonces, qué.

EL: Quiero dejar todo y encontrarme a mí mismo.

YO: Eso quiere decir que has encontrado a otra.

EL: No, no. Para nada. Simplemente quiero ser yo mismo. Quiero dejarlo todo. Me iré a la India, después a Japón y luego a Australia.

YO: Pues sí que tu yo está lejos, tío. ¿Y vas a llevarte a Martita para que te ayude a buscarte a ti mismo?

EL: No. Te dejo a Martita.

YO: Qué generoso. Te advierto que un bebé es algo muy útil para saber quien es uno mismo.

EL: En realidad no quiero separarte de Martita. Sé que la necesitas, y ella te necesita a ti.

Tardó en irse quince días. Se hacía el remolón.

EL: ¿De verdad no te importa que me vaya?

YO: El problema es que dices que te vas, pero no te vas.

EL: Odio hacer daño a nadie.

YO: A mí no me haces daño, me haces un favor.

EL: Te estás mintiendo a ti misma y eso me preocupa.

YO: A ti lo que te preocupa es que has intentado llevarte de golpe todo el dinero del banco y no has podido, porque el director es amigo mío y me avisó a tiempo.

Y por fin se fue y, naturalmente, lo hizo con una señorita con la que estaba liado desde hacía ya tiempo. Camino de la India, Japón y Australia se quedaron atascados en las Alpujarras dos años. Después estuvo otros dos años en un psiquiátrico y luego se instaló en Segovia.

Odio la verdad, no quiero saber la verdad. Sin embargo, si Antonio tuviera un lío con otra, lo que real-

mente me ofendería sería no saberlo, que me estuviera
engañando y sentirme engañada. Porque ahí ya no entra
el amor sino el orgullo, la AUTOESTIMA. Aunque muchas veces para conseguir lo que se quiere, hay que meterse la autoestima y el orgullo en cierto lugar. En estos
casos es el instinto de conservación el que te va guian-
do, y no depende tanto de lo que se diga, de las palabras
«Te quiero mucho, sólo te quiero a ti» sino de la mirada, del comportamiento general del cuerpo, a veces
de la voz.

El frío me comprime el cerebro y me encoge los sentimientos. Quiero que acabe pronto el invierno y vuelva
el calor, el sol. No soporto ir forrada de ropa, las tirito-
nas al levantarme por la mañana, los pies siempre con-
gelados. El frío me aterra y me deprime, quizá porque
nací en verano, en agosto, que es el mes más bonito de
todo el año.

Me llama una chica que se llama América, a la que
no conozco, pero ella dice que es la nueva secretaria de
Antonio.

—Señora Pedraza, que me ha dicho el señor Pedraza
que la llame para decirle que busque usted un sobre que
se dejó en su cajón del escritorio y se lo mandemos por
courrier, porque lo necesita urgente.

Me indigno; es la mejor medicina contra el frío: LA
INDIGNACION.

—¡¿Y por qué no me llama directamente el señor
Pedraza?!

—Perdón. Lo siento. No quería molestarla.

La tal América tiene una voz de pito, cursi y re-
dicha.

—¡Pero qué perdón! ¿Dónde está Antonio? ¿Desde
dónde ha llamado?

—Bueno, ayer estaba en Amsterdam y hoy ha llamado dos veces desde Roma.

—¿Ah, sí? ¿Dos veces? ¡Pues qué bien! ¡Deme el teléfono que le llamo yo misma!

—El caso es que como ha llamado él, yo no sé desde
dónde lo ha hecho. Si quiere la pongo con Adelaida que
a lo mejor ella lo sabe.

—No me ponga usted con nadie, me trae sin cuidado. Adiós.

Me tiemblan las manos y siento que el calor invade
mi cuerpo. Estoy indignada, irritada y llena de odio.

De manera que el señor habla con su oficina a diario
varias veces y no sólo no se digna llamar a su casa, sino
que manda recados y órdenes a través de secretarias. Que
le den morcilla.

Voy al cajón del escritorio y efectivamente veo un
sobre grande. Lo abro y está lleno de catálogos de guitarras, flautas y pianos. Yo me esperaba que hubiera un
CATALOGO DE *CALL GIRLS* INTERNACIONALES.

De todas maneras tiene tupé, el señor Pedraza. La
casa podría estar en llamas o yo en el hospital con un
ataque al corazón. Pero a él le traen sin cuidado las noticias de su casa. Vuelve a sonar el teléfono y no lo cojo.
No quiero hablar con América ni con Adelaida ni con
nadie de esa oficina, que se me está dibujando en la mente
como lugar de confabulación contra mí. Me imagino los
comentarios:

—Huy, la señora Pedraza, qué carácter y qué educación. ¡Me ha colgado el teléfono! Vamos, qué se creerá
esa señora, oye. Si su marido no la llama no es culpa
mía. Por otro lado, como ella se pasa el día fuera de casa, luego la bronca me la echa a mí, pero qué se ha creí-
do esa maleducada.

Mando a la asistenta Emilia que lleve el sobre a la oficina de Antonio y le doy de paso la semana libre:

—Emilia, con este frío, hasta que arreglen la calefacción, no se puede estar en esta casa. Yo me voy unos días a casa de mi hermana Tere a ver si mejora el tiempo o arreglan la caldera. Así que tiene la semana libre.

—No, sita. Yo seguiré viniendo para darle un ventilado a la casa. Oiga, ¿si llama el señor, qué le digo?

—Nada, no tendrá que decirle nada, porque no llamará.

—Ay, sita. Que preocupación me da usté, que la veo motivada.

Para Emilia estar motivada es cuando una está que echa los dientes y puede arrasar sin piedad con lo que se le ponga por delante.

—Usted tranquila, que esto no va con usted.

Llamo a mi hermana que está, como todas las tardes, jugando a la canasta:

—Tere, ¿no te importa que me vaya unos días a tu casa?

—Huy, no. ¡Qué bien! Así tenemos repuesto para la canasta por si falla alguna.

—Pero si yo no puedo jugar a la canasta, Tere, tengo que trabajar.

—¿Qué pasa, que te has separado de Antonio?

—No, mujer. Es que Antonio está de viaje y en casa no hay calefacción.

Tere y yo nos vemos poco y siempre que nos vemos es porque nos estamos separando o hay alguna catástrofe. Tere es eso que la gente llama «novelera», pero siempre que se le pide algo lo da sin dudar, sólo a cambio de un pequeño cotilleo.

QUIEN TUVIERA UN PESADO PENDIENTE DE UNA

En el Congreso de los Diputados, sus señorías están discutiendo la Ley de Aguas. No es que sea aburrido, sino que es absolutamente tedioso. Pero allí, en la tribuna de prensa, rodeada de compañeros a los que conozco desde hace años, con el calorcillo del recinto, me siento mejor, más tranquila y la oficina de Antonio, Antonio y sus hoteles me parecen más lejanos y más ajenos a mí.

Hoy se discute el artículo IX del Título III. Admiro la seguridad con la que sus señorías hablan sobre un tema que a mí me parece chino. También admiro a los periodistas de agencia que apuntan todo lo que se dice. Yo sería incapaz. De repente, me doy cuenta de que también estoy harta de mi trabajo. No me disgusta, pero se ha convertido en rutinario y mecánico. Al cabo del tiempo, puedo escribir una crónica sobre lo que ha pasado en el Congreso sin ir. Me sé de memoria cómo hablan unos y cómo hablan otros, lo que van a decir y lo que van a replicar. El tedio me está empezando a invadir. No quiero irme al bar, ya que eso significaría tomar café y no quiero tomar más café porque me va a dar algo por sobredosis. Y si a las cinco de la tarde me tomo un gin-tonic hoy me acostaré trompa y mañana resaca, lo que quiere decir ojeras.

Y mañana tengo una entrevista importante con el nuevo superjefe que quiere hablar conmigo y a mí me hace ilusión, porque quién me dice que no me va a proponer algo importante, un cargo, por ejemplo, con el sueldo adecuado. Lo llevo persiguiendo astutamente hace tiempo. Pero no lo he conseguido. Cada vez que llega un nuevo superjefe promociona a los tíos que están a mi alrededor, pero nunca me toca a mí. Con cada nuevo superjefe lo único que me cae es más trabajo, y lo hago para que no diga que las mujeres le suponemos problemas, y yo en concreto, que tengo fama de carácter fuerte y de ser insoportable.

Pero yo creo que el tío nuevo no tiene camarilla y por lo que he visto y oído quiere hacer un equipo directivo con los mejores y los que más trabajan y ahí sí tengo una oportunidad. Pero si voy a verle con resaca, meto la pata, seguro.

Como en la tribuna de prensa no se puede fumar, hay trasiego de chicles y de caramelos.

—Dame un chicle, anda —le pido a un periodista de un periódico de Barcelona que sé que siempre lleva.

—No me quedan más que de globo.

—Me encantan. Dame uno.

—Es que ayer el Presidente nos pidió que, por favor, no usemos chicles de globo, porque hacen ¡CHAS! y distrae a sus señorías.

—¡Pero qué coño es esto, un campo de concentración! No se puede fumar, no se puede traer uno aquí la botella de coca-cola, que también se puso como una hiena un día que nos vio, y ahora tampoco se puede masticar chicle de globo. Joder qué tío.

—Ni tampoco se puede comer pipas, hija —dijo una chica menudita y muy mona de una agencia.

—Un día me abro las venas aquí mismo y luego que me lo prohíba; pero de momento le pongo el hemiciclo perdido.

—Yo a veces tengo ganas de sacarla y mear pa abajo —añadió uno de una radio.

—Bueno, pero dame un chicle aunque sea de globo; no haré globos, ni chas ni nada.

—Ayer no viniste —me dijo un viejo periodista del *Abc* que nos lleva a todos las ausencias.

—Ayer tuve que ir al Senado —expliqué.

—Pues lo que te perdiste. Beltrán le llamó mariquita a Rodríguez.

—Ya, pero si lo es, ¿qué más da, no?

—No, si a él no le importó nada. Contestó que es mejor ser mariquita que sinvergüenza —continuó él.

—No le llamó mariquita —corrigió una chica joven que está haciendo prácticas en una radio—, le dijo que lloraba como mujer la derrota del artículo 12 del Título VI. Y se levantó la diputada de Alava y dijo que si quería llamar mariquita a alguien que su señoría no metiera a las mujeres en esto.

—Pues fíjate lo que me perdí de apasionante por no haber venido ayer —comenté yo sintiendo que estaba llegando al límite de mi resistencia en la tribuna.

—Si es qu'esto es la rehostia. No m'estraña que de vez en cuando les monten un chocho como el 23-F —sentenció uno nuevo que por el habla y la vestimenta debía ser enviado especial del *Madriz me mata*.

—¿Me trajiste del Senado lo que te pedí? —me preguntó una compañera del periódico competencia directa del mío. Nos llevamos muy bien y somos bastante amigas, por lo que nos hacemos muchos favores.

Saqué de la cartera un tocho de discursos y se los di.

—Me dijo tu novio que tiene para ti todo el debate sobre el estado de la nación de 1983, pero que tienes que ir a buscarlo tú misma, en persona.

—Pero, ¿por qué le llamas mi novio? Es un pesado.

—Pues le tienes absolutamente obnubilado.

—Qué plomo de tío, oye.

A mí, quizá, no me importaría, pienso, tener uno pendiente de mí, aunque fuera un plomazo. Creo que eso levanta mucho la moral.

BUSCANDO A UN MARIDO DESESPERADAMENTE

No puedo dormir. Extraño mi cama una barbaridad. En eso debe consistir hacerse mayor. Nunca he oído a una persona joven que extrañe ningún tipo de cama. Yo misma he dormido como una piedra en lugares increíbles y en camas absolutamente imposibles y nunca he extrañado nada.

Yo tengo la manía de las camas duras y Teresa la de las camas blandas. Ella sostiene que en una cama dura no se duerme bien y además es malísimo para la salud, que le trae sin cuidado lo que digan los médicos y que durante siglos la humanidad ha dormido en cama de piedra y la gente se moría mucho antes que ahora y que si los pobres han dormido siempre en cama dura y los ricos en cama blanda por algo será. A lo mejor tiene razón. Lo que hacen los ricos suele ser siempre lo más apropiado.

Los ricos, por ejemplo, se casan y se separan sin más problemas que los económicos. Hasta la última perra pasada, presente o futura queda atada y bien atada, rubricada por firmas de infinitos notarios, abogados, fiduciarios, procuradores, testigos varios y administradores diversos. No se deja nada al albur. Y si alguien comete un error, paga las consecuencias y PAGA no es aquí un término metafórico, sino que tiene un sentido literal inequívoco. Scott Fitzgerald lo contaba muy bien. Los ricos, decía, son diferentes de los demás mortales porque el dinero es su primer y más importante motor. No lo que el dinero puede comprar sino el dinero en sí. Los que no son, no somos, ricos nunca podremos comprender esto. Para nosotros el dinero es sólo sinónimo de todo lo que se puede comprar con dinero desde salud y cultura hasta bienes, servicios y ocios. Por eso los pobres nunca seremos ricos, porque nos gastamos el dinero. Para los ricos, en cambio, el dinero es un fin en sí mismo, es algo que empieza y acaba en dinero.

Miro el reloj en la mesilla de noche y veo que son las seis y media. Me he debido quedar frita pensando en el puñetero dinero. Tengo el vago recuerdo de haber soñado que me tocaba la primitiva, pero que, como no había rellenado el impreso, no podía cobrarlo.

Me siento en la cama sacudida por un pensamiento que irrumpe en mi cerebro y en mi estómago con fuerza insospechada: Antonio me llamó anoche a casa y, naturalmente, se cabreó porque no contestó nadie. Volvió a llamar regularmente cada hora y su cabreo se convirtió en indignación y luego en preocupación. Tengo que llamarle como sea, tengo que hablar con él pase lo que pase. Toda mi energía vital se concentra en conseguir hablar con Antonio inmediatamente.

Saco mi agenda de la cartera y me voy al salón. Me instalo junto al teléfono y enciendo un cigarrillo. En mi agenda tengo una larga lista de hoteles de casi todas las ciudades del mundo. Llamo a Roma primero. En el tercer hotel me dicen que el señor se fue ayer con rumbo desconocido. Llamo a Amsterdam. Los holandeses son lentos, tardan en contestar. No está en ningún hotel de los que yo tengo. Llamo a información y le pido a la señorita que mire los principales hoteles de Amsterdam. La señorita me manda a paseo y me dice que tiene más de cincuenta hoteles y que es imposible. Le digo que me lea los diez primeros, se niega y al final pactamos que los cinco primeros.

Tampoco conocen a Antonio en ninguno.

Llamo a Los Angeles y en el tercer hotel me dicen que el señor acaba de llegar, pero que no contesta en la habitación. Pido que me pongan con el bar. En Los Angeles son las nueve de la noche, la hora del cóctel previo a la cena.

Me ponen con el bar. Hay un ruido de fondo de verbena, risas, música y conversaciones animadas. El camarero o el *maître* que me atiende habla inglés con más acento hispano que yo, así que cambio al castellano, lo que le desconcierta aún más.

—¡¡Pedraza!! ¡¡Señor Pedraza!!

—Un momento, señora, no se retire.

Espero histérica. Enciendo el cuarto cigarrillo. Me duele el estómago y se me va la cabeza. Debía de haber hecho café antes de ponerme a buscar a Antonio por el mundo. Menos mal que en esta casa no hace frío. Oigo que se abre la puerta de la calle. Debe ser la asistenta. Tengo una discreta resaca, porque al final, estuve charlando con Tere hasta las tantas y bebiendo vino. Nos liquidamos las dos un par de Viña Tondonias y nos comimos un par de bolsas *King size* de patatas fritas. Y a las once tengo que estar en la oficina del superjefe, mona y arreglada.

Al fin oigo una voz en el auricular. Una voz masculina que dice:

—¿Sí? Pedraza al habla.

Mi cerebro no registra la voz familiar de Antonio, pero mi cuerpo no se para a pensar. Mis cuerdas vocales hablan por sí solas.

—Antonio, menos mal que te he encontrado. Escucha, estoy en casa de Tere, porque hacía un frío de cojones, no tenemos ca...

—Perdón, creo que hay un error, señorita. De allá para acá, ¿quién?

¡Cielos, un mejicano que se llama Pedraza como todos los mejicanos!

—Perdón, creo que efectivamente ha habido una equivocación. Quería hablar con el señor Antonio Pedraza.

—Bueno, pues qué contrariedad. Le paso al *maître*.

Otra vez de nuevo todo el rollo con el *maître* y venga a esperar. Pobre Tere, le va a salir la mañanita más cara del mundo. Le dejaré dos mil duros en un sobre sólo para ser abierto cuando llegue la cuenta del teléfono.

Oigo trajín por la casa. Los niños se preparan para ir al colegio. La asistenta maravillosa entra y me pone una bandeja preciosa con café, huevos revueltos y tostadas encima de la mesa baja. Esto me va a resucitar. Y si pudiera hablar con Antonio, entonces, ya consideraría que es un día feliz.

Por fin oigo la voz de Antonio.

—¿Quién es?

—Pues quién va a ser, yo misma. ¿Me recuerdas?

—¿Dónde estás?

—En Madrid, donde voy a estar.

Me he tirado un farol y he intentado echar fuera el balón, pero no estoy muy segura de que vaya a funcionar. Pero funciona:

—Es que se te oye muy cerca. ¿Qué tal?

O sea, que no ha llamado a casa, ni anoche ni nunca. No tiene ni la menor idea de dónde coño estoy.

—Bien, ¿y tú?

—Bien, un poco cansado, pero bien.

Por el teléfono oigo *Guantanamera* como música de fondo. Es una cancioncita sobrevalorada que me pone de los nervios; sobreutilizada por Iberia, por ejemplo, en los aviones antes de despegar o antes de aterrizar.

—Bueno, pues nada —digo intentando que no se me note a tan larga distancia el cabreo que me sube—. Supongo que estarás ocupadísimo, así que no te entretengo, además el teléfono corre, ya sabes...

—Te he llamado varias veces a casa y no estabas.

Mentira, Antoñito, he estado siempre en casa, menos anoche. No has llamado nunca y te remuerde la conciencia y te sienta fatal que te haya encontrado en el bar del hotel, te sienta mal que te haya sorprendido. Hay dos cosas que tú y los hombres, en general, no perdonáis nunca a las mujeres: una es que lleguemos a una cita antes que vosotros y la otra que os llamemos antes de que vosotros nos llaméis.

—Pues en realidad llevo una vida muy recogidita en casa, sería casualidad. Lo siento.

—Que no, mi amor, que no pasa nada. ¿Qué tal el trabajo?

—Como siempre: aburrido. Hoy tengo una entrevista con el nuevo jefe, ya sabes. A ver si me propone algo interesante y tal.

—Le deberías proponer tú cosas interesantes, sino él qué quieres que te proponga.

Ya está. La máquina ejecutiva se pone en marcha vomitando órdenes, censuras y matrices.

—Ya, bueno. No sé, ya veremos cómo se desarrolla la conversación, ¿no? Al fin y al cabo fue él el que me llamó para hablar.

—Hazme caso. Entra allí con autoridad y propónle cosas antes de que él empiece a hablar.

—¿Qué tal tus asuntos?

—Bien, bien. Todo va sobre ruedas. Pero tendré que estar aquí unos días y en lugar de volver a Madrid directamente debo pasar primero por París.

—Ya, o sea, que no vuelves hasta entrado marzo.

—Pues sí. No sé exactamente, pero algo semejante.

Quiero que me pida que me reúna con él en París, pero no lo hace.

—¿Me echas de menos? —pregunto antes de pensar que es algo que no debo preguntar.

—Muchísimo —dice con el mismo tono que dice «gracias» cuando un camarero le pone delante una copa.

—Pues yo a ti sí te echo mucho de menos, Antonio, te echo mucho de menos, de verdad —digo tirando mi orgullo y mi cabreo por la borda.

—Y yo a ti, y yo a ti. Bueno, pues, nada. Te llamaré mañana.

Le voy a contar que estoy en casa de Tere, pero me freno. Es obvio que eso alargaría mucho la conversación y él tiene ganas de acabarla. Así que me despido.

—Bueno, pues nada, adiós y cuídate.

—Adiós, mi amor.

—Adiós, chao.

Cuando cuelgo el teléfono se me saltan las lágrimas. Esto debe ser lo que llaman madurez, civilización. Pero yo tengo el corazón destrozado ante tanta indiferencia, tanto distanciamiento, tanta falta de entendimiento. ¿Có-

mo pueden los hombres vivir sin expresar sus emociones, sin decir te quiero una vez a la semana al menos? Se me caen las lágrimas porque me siento no querida.

Acometo los huevos revueltos y el café y empiezo a sentirme mejor.

A BRAZO PARTIDO CON EL JEFE O UN CASO DE ACOSO

Mi nuevo jefe es un hombre alto y fuerte con una cara agradable y bien diseñada, como se dice ahora. Se llama José Luis Garzón y éste es el primer periódico que dirige, cosa que puede ser buena o mala. Por lo que he oído no ha cumplido aún los cuarenta, pero ya posee entradas y barriguita. Tiene una voz agradable, pero pronuncia igual las bes y las uves, como si todas fueran uves, y lo hace con auténtica fuerza convirtiéndolas casi en efes.

Tengo tiempo de sobra de pensar en esto y en cualquier otra cosa porque Garzón habla por teléfono sin cesar mientras yo me siento en la silla de las visitas al otro lado de la mesa enorme y llena de papeles, carpetas, fotos, un frasco de jarabe para la tos y una caja de antigripal. A todos los directores nuevos les sucede algo en cuanto llegan a la casa. Uno se intoxicó, otro se escoñó por la escalera interior y se rompió una tibia, hubo uno que tuvo gastroenteritis aguda y a otro le tuvieron que llevar a la Paz al día siguiente de aterrizar por un amago de infarto.

Nadie sabe si esto es debido al *shock* de llegar a una redacción como la nuestra que es un caos total o a que, de buenas a primeras, se envenenan tomando cosas en el bar de abajo. Los que llevamos mucho tiempo ya tenemos anticuerpos, pero quienes lo prueban por primera vez caen como moscas.

También puede ser el terror a la responsabilidad, lo que se llama en cristiano el canguis. Sobre todo porque tienen obligación de disimular, sonreír y hacer como que están felices. De los doscientos más o menos que trabajamos en el diario, hay doscientos diez neuróticos, ya que naturalmente hay que contar al personal auxiliar que no pertenece a la casa, como el portero, personal del bar, etc., pero a los que hemos contagiado nuestras ciclotimias y nuestras manías.

Me da cierta pena este hombre tan aparentemente seguro de sí mismo, hablando por teléfono con no sé quién, recostado en el sillón-trono de cuero legítimo basculante, las piernas cruzadas —tenía los pies en la mesa cuando entré yo, pero los quitó rápido haciéndome un gesto de entrar y sentarme con la mano.

La primera señal de peligro fue darme cuenta de que no fuma. Malo. Cuando un periodista no fuma, la histeria la pagará el que esté más cerca. Y en este momento ese lugar lo ocupo yo.

Desde que puse los pies en el despacho no me ha dirigido la más leve mirada. Cuando está recostado en el sillón mira en lontananza por el ventanal a su izquierda que da sobre una pared medianera asquerosamente blanca. Estoy por levantarme y bajar la persiana veneciana para que no se quede ciego de tanto mirar la pared. Este tipo de reacciones sólo las tenemos las mujeres, pienso.

Cuando empieza a hablar él, pone los codos en la mesa y dibuja con un lápiz un damero —cuadros blancos y cuadros negros alternados— muy prolijo y muy derechito, lo que me aterra. Intuyo que es ordenado y controlado. Yo, cuando estoy hablando por teléfono, dibujo arabescos barroco-surrealistas y flores que empiezan naif y terminan en carcinomas.

Después de unos minutos sentadita con las piernas cruzadas en la silla frente a él, me empiezo a poner impaciente porque no hay el menor rastro de que la conversación telefónica vaya a ser breve. No oigo cosas del estilo de «Bueno pues, nos telefoneamos y vamos a comer» o «Yo me ocupo de eso, no te preocupes y cuando sepa algo, te llamo en seguida». No. La cosa iba de «¿Estás seguro?» «Yo, perdóname, pero no estoy en absoluto de acuerdo con esa hipótesis». O «Eso no es cierto; yo no dije eso, lo que yo dije y deberías acordarte…»

No me atrevía a mirar los papeles de encima de la mesa, es como mirar dentro del cajón de la mesilla de noche de alguien que te ha invitado a cenar a su casa por primera vez. Ni tampoco a ponerme a leer una revista o un periódico. Pero estar sentadita en la silla con la mirada en un cuadro de un velero en un puerto de mar no da para mucho, dado que el cuadro me lo sabía de memoria de la etapa del otro superjefe que lo trajo consigo. Nunca supe si porque lo había pintado él, su amante o porque representaba el lugar donde había nacido su señora.

Este jefe, o no tiene gusto por la decoración y la pintura o no le ha dado tiempo a mudar sus pertenencias. Así que me levanté, encendí un cigarrillo y me dediqué a dar paseos por el gran despacho. Ya sé que es algo que a la gente le pone histérica, pero a mí me calma los nervios. Aproveché para mirar mi agenda, cosa que rara vez hago y, como siempre que la examino, me di cuenta de que había un montón de cosas que debía haber hecho esa semana que no hice y una pila de gente a la que debía haber llamado y no llamé, con lo que he quedado fatal para siempre.

Con cautela encamino mis pasos hacia la puerta, la abro y, con medio cuerpo fuera, le digo a la secretaria que escribía a máquina:

—¿Hay café?

—¡Huy no, cielo! Este no toma y como parece ser que hay que ahorrar, pues ya no hacemos...

—No jodas. ¿Y té? ¿Poleo?

—Nada hija. Agua mineral sin gas. Se bebe tres litros diarios, le va a dar algo; te lo digo yo. No había visto a nadie igual en mi vida.

—¿Y no le echa nada al agua mineral?

—Nada. Pero yo para los compas tengo escondida una botella de güisqui, te echo un chorrito y parece té.

—Trae, que a mí me importa un bledo lo que parezca. A ver si es que ahora hay que ir de santa, aunque sea por la mañana.

—Haces bien.

Vuelvo a entrar con el vaso y me siento en el brazo del sofá. La conversación sigue su curso. Me levanto y me dirijo hacia la puerta otra vez, pero él me ordena:

—¡Carmen no te vayas! ¡Ya termino!

Vuelvo a sentarme en el brazo del sofá y me bebo el vaso hasta la mitad.

Venía dispuesta a comportarme como una malva, como una señorita de colegio bien, como un cordero. Pero entre todos ya me han puesto de mala leche y no sé qué hago aquí. Bruscamente y sin mediar fórmulas de despedida, dice adiós, adiós y cuelga el teléfono.

Se levanta muy mono, se ajusta la cintura de los pantalones y viene hacia mí. Me da dos besos y se sienta en el sofá.

—Bueno, ya era hora de que se te viera el pelo —me dice sonriente.

—He venido poco por aquí. Estoy liada esta semana. Hay bastante mogollón en el Congreso, ya sabes.

—Bien, pues tu dirás.

—No; dirás tú. ¿No querías tú hablar conmigo?

—Es verdad —se cubre la cara con las dos manos y se las va pasando hacia la frente y por toda la cabeza, dejándolas a ambos lados del cuello.

—Desde que estoy aquí, no he tenido un minuto de respiro.

—Me lo imagino.

—No te lo imaginas.

«Está bien, no me lo imagino y de todas maneras me importa un bledo. No empieces a contarme tu vida, guapo», pienso.

—Voy a cambiar todo. Voy a sacudir este periódico de la apatía en la que había entrado. Voy a haceros trabajar el doble a todos para que los lectores se diviertan también el doble y nos compren el triple.

—Me parece bien siempre que nos pagues por lo menos la mitad del doble más.

—¿Tú también te quejas del sueldo?

—Yo siempre, y la primera.

—Pero si tú eres la única que no se debía quejar. Vamos, eres de las que más ganan en tu categoría. Ganas más que Zutano, que Mengano y que Perengano.

—¿No se te habrá pasado por la cabeza bajarme el sueldo?

—No. Pero reconoce que...

—Que para ser una chica estoy muy bien pagada, eso es lo que quieres decir.

—Ya empezamos.

Sonrío y cruzo las piernas.

—¿Qué empezamos?

—Mira, más feminista que yo no lo hay, ¿sabes? —me lo dice mirándome las piernas. Y luego me mira a los ojos.

—Pero tú eres una mujer casada que vive bastante bien y con hijos ya mayores y puedes darte todos los caprichos que quieras.

En la mesita frente al sofá hay un cenicero de vidrio checoslovaco que debe pesar tres kilos. Me invade la tentación de dejárselo caer sobre la punta de los pies.

—Yo no digo en absoluto que no te lo merezcas, por supuesto. Tus crónicas se leen mucho y tus entrevistas son estupendas y, desde luego, no hay mucha gente que pueda hacerlo tan bien como tú. Sin embargo...

Se levanta, va a la mesa y se sirve un vaso de agua mineral.

No vuelve a sentarse. Se queda apoyado en el borde de la mesa. Me siento incómoda y desvalida en una punta del sofá.

—Sin embargo, he pensado que te voy a poner en el suplemento dominical.

—¡¿En el suplemento dominical?!

La sorpresa me invade. Soy incapaz de pensar.

—Coordinadora. Es un puesto nuevo creado para ti. Pienso que lo harás muy bien. Tienes garra, conocimientos, experiencia, buen gusto, escribes bien y conoces perfectamente los entresijos de la profesión, porque eres de las pocas que ha trabajado antes en una revista.

No sé qué pensar. Enciendo un cigarrillo que es lo que hago en estos casos. Cruzo las piernas en el otro sentido. Mi vaso de agua mineral con güisqui se acabó hace tiempo. No sé qué hacer ni qué decir.

—Es un trabajo bonito y ganarás lo mismo que ahora.

Por fin se hace la luz en mi mente. Yo soy lenta, pero llego.

—¿Qué quiere decir coordinadora exactamente? ¿Que soy responsable del suplemento, por debajo de ti que eres el director del periódico?

Le he pillado. Se da la vuelta y coge una abultada carpeta de la mesa. La abre y va pasando hojas hasta que encuentra la adecuada; la lee.

—El suplemento. Estoy yo, el editor por encima, claro, el redactor jefe y tú.

Lo sabía desde que entré en este despacho.

—¿Puedo servirme agua yo también?

—Claro, claro, por supuesto. ¿Qué te parece?

—Quiero que me digas una cosa, aunque si no me la quieres decir, no me la digas. ¿Por qué soy idónea para ser coordinadora y no para ser redactor jefe?

—Bueno, es que el redactor jefe es... A ver que lo mire...

—Lozano.

—Pues sí; eso es, Lozano.

—He comprendido la maniobra perfectamente.

Sonríe con satisfacción como si le hubieran hecho cosquillas en los cojones y abre los brazos y levanta las cejas.

—¡¿Qué maniobra?! —exclama con inocencia.

Tengo fama de tener muy mal café en el trabajo, pero la verdad es que me lo ponen en bandeja siempre.

—Yo no sé si tú conoces bien a Lozano —digo.

—Perfectamente. Trabajé con él cuatro años en televisión.

—Supongo que lo de «trabajé» es una manera de hablar, un eufemismo. No se sabe que Lozano haya trabajado nunca; el día que lo haga se nos caerá la Luna encima o algo así.

—Ya me habían prevenido que eras una mujer difícil.

—¿Difícil? Escucha, pretendes que yo me vaya al suplemento a currar como una endemoniada mientras Lozano se pasa el día comiendo y cenando con gente de su otra profesión, que es relaciones públicas de no sé qué multinacional. El cobra el doble que yo y se lleva todas las flores, porque si sale mal, la única culpable seré yo.

—No es eso en absoluto.

—Sí lo es. Como el suplemento en realidad os importa un bledo, colocáis a Lozano ahí. Pero como algo hay que «hacer» y ese verbo él no lo practica mucho, me ponéis a mí para sacarle las castañas del fuego y hacerle quedar bien. Y no me digas que no tengo razón, porque la tengo.

En el fondo es buen tipo. No tiene valor para empecinarse en convencerme de algo que él sabe que es cierto.

Yo también me levanto y me pongo el bolso al hombro.

—Piénsatelo —me dice sentándose a la mesa en su sillón de jefe.

—¿Pero qué me tengo que pensar, José Luis? Tú no eres tonto ni yo tampoco. Somos profesionales. Me gusta mi trabajo y me gusta este periódico, pero no me gusta que me cuenten cuentos chinos.

—Te pagaremos lo mismo que a Lozano.

—¡Oh, Dios mío, no lo entiendes!

—Piénsatelo y háblalo con tu marido.

—¡No tengo nada que hablar con mi marido!

—Tengo la impresión de que todo lo que digo te irrita.

—Quiero dirigir el suplemento yo sola, con categoría de redactor jefe y responder ante ti. Piénsatelo y háblalo con tu mujer.

Me coge antes de que llegue a la puerta. Me da dos besos y me dice:

—No te cabrees. Volvemos a hablar de esto la semana que viene.

Está claro que toda la flexibilidad de la que yo carezco la tiene él.

Me siento en la mesa de la secre.

—¿Qué te pasa?

—Lo de siempre. Trabajar para otro, en este caso Lozano, nada menos, en el suplemento. Estoy hasta el moño de esta profesión y de esta casa de machistas.

—¡Qué putada! ¿Que te han propuesto a ti para llevar el suplemento por debajo de Lozano? Qué falta de dignidad. Tómate otro güisquicito anda, cielo.

—No. Creo que me voy a abrir las venas con el abrelatas.

—Vete de compras. Te sale más caro, pero mancha menos.

—¿Por qué todos los jefes son iguales?

—Porque son hombres hija. Y todos los hombres son iguales.

—Ya. ¿Nos vamos a comer juntas? Te invito.

—Venga. Pero a escote. Y nos damos una psicoterapia de ponerles verdes. ¿Sabes con quién va él a comer?

—No me digas que es con Lozano, porque me cagoensuputamadre.

—Pues con él mismo.

IV. La primavera

LA VIDA ES UN DOLOR
DE MUELAS

Me he levantado esta mañana con un dolor de muelas desesperante. He ido corriendo al baño y el espejo ha confirmado mis sospechas: el dolor está acompañado por un bulto en la mandíbula inferior, eso que se llama un flemón y que es algo tan humillante y tan antiguo.

Me tomo rápidamente cuatro aspirinas y un antibiótico y regreso a la cama. Antonio se despierta:

—¿Qué horas es? —pregunta.

—La eis enos iez —mi lengua choca constantemente con el bulto blando y caliente en el fondo de la boca.

—¿Qué te pasa? —Antonio se incorpora y me mira en la penumbra del dormitorio.

—Ada. O e iento uy bie —haciendo un poco de esfuerzo puedo pronunciar las consonantes. Es cuestión de cogerle el tranquillo al bulto.

—¿Estás malita?

—Sí, pero no de abajo sino de arriba. Me duele una muela y tengo un flemón.

—Vaya, lo que faltaba.

—¿Cómo que lo que faltaba?

—Esta noche damos la cena en la terraza.

—Ya, bueno. ¿Y qué? Habrá cena, no te preocupes.

Hace un mes, recién venido de su viaje, Antonio tuvo una gastroenteritis aguda. Anulamos todos los compromisos, incluidos varios conciertos que me apetecían muchísimo y un fin de semana en el sur de Francia con mi padre, que vive retirado en una casita de campo junto al mar.

Estuve preocupada y atenta. Le hice papillas, patatas asadas y sopitas de verdad, le leía el periódico y le comentaba las revistas del corazón. Su madre y hermanas vinieron a verle y les preparé tés a la antigua con pastas y mediasnoches. Aguanté su depresión vespertina «Me voy a morir, de ésta no salgo». Se empeñó en hacer el amor y consentí, aunque no me apetecía gran cosa, porque consideré que a lo mejor era buena terapia. Le tomé al dictado cartas de negocios y le ayudé a llamar por teléfono a la gente. Al cuarto día se levantó y salió despendolado a la oficina, y si te he visto no me acuerdo.

Antonio se ha vuelto a dormir boca arriba con lo que empezará a roncar en pocos minutos. La aspirina empieza a hacer efecto y siento que el flemón late. Sólo pensar en todo lo que tengo que hacer hoy, me produce cansancio y tedio. Es imposible pensar en llamar a las veintitantas personas que vendrán a cenar esta noche y decirles:

—Oye, lo siento mucho, pero tengo un flemón y no habrá cena.

Otra cosa sería si pudiera decir:

—Esta mañana me rompí la columna vertebral por lo que no se podrá hacer ninguna cena.

O que la secretaria de Antonio llame a todos y les diga:

—La señora está internada con apendicitis aguda y se ha suspendido la cena.

Prefiero estar con un flemón, qué quieren que les diga. Pero también preferiría que Antonio, viéndome así, dijera:

—No te preocupes, quédate en casa todo el día. Yo llamaré a todos y les diré que dejamos la cena para la semana que viene.

Como pedir peras al olmo. Exactamente igual.

Cuando me despierto Antonio se ha ido.

Ahora ya no me duele la muela, pero siento el bulto vivo en el fondo de la boca. Lo peor es que el dentista me había prevenido:

—La muela no está muy mal, pero tenemos que arreglarla, porque si no un día puedes tener una infección.

—Y cuando suceda, ¿qué hago?

—Esperar a que se pase con antibióticos y curarla.

Siempre tengo antibióticos en casa esperando a que me venga la infección, antes de volver al sillón de tortura del dentista. Soy imbécil y cobarde, irresponsable y estúpida. Y este es el castigo. No se puede ser como yo soy impunemente. Hay que pagar. Yo siempre tengo que pagar.

Cuando encajo que el flemón es justo castigo a mis errores y mis deficiencias, me siento mejor.

—¡Emilia!

La mujer entra en la habitación con la bandeja del desayuno: tostadas humeantes y café delicioso.

—¡Huy, sita! ¡Tiene usted un flemón!

Ya empezamos.

—¿Cómo lo sabes?

Intento comer la tostada, pero no puedo.

Eso está bien; el flemón me servirá para adelgazar.

El café sabe a rayos porque tengo el hígado de pie con las aspirinas y el antibiótico.

—Emilia, hágame un poco de té.

—Pero si a usted no le gusta el té por la mañana.

—Pero me sentará mejor que el café.

—Lo que es buenísimo para el flemón, sita, es cocer una cabeza de ajos y beberse el agua. Es mano de santo.

Me paso el resto de la mañana enjuagándome con unos polvos antisépticos, tomando medicinas y llamando por teléfono para deshacer citas y excusarme por no asistir a las que nunca llegué. Por cierto, la decisión de ir al suplemento dominical quedó aplazada hasta después de las vacaciones legislativas. El propio superjefe decidió que era mejor que siguiera haciendo Cortes hasta que acabara la legislatura.

En otras palabras. Perdí la oportunidad de cambiar de trabajo, aunque fuera para mal. No obstante, muy en el fondo me alegro, porque hubiera acabado como el rosario de la aurora. Hubiera ascendido un peldaño, pero a costa de muchos sinsabores. Un hombre lo hubiese hecho. Habría aceptado trabajar bajo las órdenes de un incompetente para después poder ascender otro peldaño. Y en eso consisten, supongo, las carreras. En ir ascendiendo y tragando. A uno le ascienden no por su capacidad de trabajo o por sus méritos, sino por su capacidad para tragar y vender favores.

El flemón también es un castigo por eso. Por mi inflexibilidad y mi rigidez. También, y de golpe, he arruinado cualquier posibilidad con el nuevo superjefe que me habrá puesto en la lista de honor de personas con las que no puede contar. Cuando se lo conté a mi amiga que trabaja en el periódico de la competencia, me dijo:

—Has hecho muy bien en dejarle en evidencia a ese cretino.

—No, no he hecho bien. Tú lo sabes. Me debía haber callado, debía haber aceptado y luego ponerme a bregar con Lozano y arreglármelas para que se notara que era yo la que trabajaba y no él. Soy poco astuta y poco valiente.

—Pero dime una cosa: ¿por qué no podemos nosotras oponernos a los juegos de los tíos cuando intentan utilizarnos? Yo creo que es nuestra obligación decirles: «Mira, guapo, puedes llegar hasta aquí, pero nada más». Es más, él daba por supuesto que tú ibas a tragar, porque piensa que las mujeres que trabajan son muy ambiciosas y apencan con todo. Por lo menos, ahora, te tiene respeto.

—¿Respeto? Ahora lo único que piensa es que soy molesta y una persona a evitar.

Es igual, me trae sin cuidado lo que piense el tío. Y también lo que piense Antonio que se enfureció cuando le conté lo que había pasado. Me dijo que no me tomaba en serio mi profesión ni mi carrera. Que lo había hecho todo fatal y había dicho lo contrario de lo que debería haber dicho. Fue estupendo sentir que mi hombre me apoyaba y me daba ánimos.

Lo peor no es que tenga que ir al Congreso a las cuatro a hacerle una entrevista al Presidente y luego otra al ministro de Defensa. Lo peor es la maldita cena. Había pensado cocinar yo, pero no me siento capaz. Para cocinar bien es imprescindible amor y paciencia y hoy no dispongo de ninguno de estos elementos. Llamaré a un restaurante indio que está al lado de casa para que me traigan todo hecho.

Me llama Antonio por teléfono y muy dulce me pregunta cómo estoy. Eso me conmueve y se lo agradezco infinito. Pero naturalmente no es por eso para lo que me llama:

—Oye, cielo, que me he acordado de repente que no hemos invitado al director del banco y sí al subdirector, y si se entera, se puede sentir ofendido. ¿Por qué no le llamas tú y le invitas con su mujer? Aunque sea a última hora, le cuentas alguna historia de esas que te inventas tú, ¿eh? Anda, hazme ese favor.

Negarme y discutir es mucho más trabajoso que aceptar:

—Vale, de acuerdo.

—Oye, y cuídate mucho, mi amor. Quédate en la cama hasta la hora de la cena.

—No puedo, tengo que ir al Congreso a las cuatro.

—¡Pues no vayas! Di que estás enferma y que no puedes ir. Luego a la hora de la cena estarás hecha polvo.

—No te preocupes, estaré bien.

O sea, no me tomo en serio mi trabajo, según Antonio, pero primero es una cena en la que él quiere quedar bien con sus compromisos y yo tengo que estar radiante que cumplir o no con mi trabajo. Para Antonio, MI TRABAJO es ocuparme de él. Luego está el otro trabajo, que no es obligatorio, porque si lo hago es por capricho, no por necesidad. Le odio.

El odio me da energía y velocidad.

Después de ducharme y lavarme la cabeza, vestirme y maquillarme con mucho tiento, el flemón se sigue notando. Si yo me olvido de él a lo mejor la gente se hipnotiza y tampoco lo ve. Alguien llama a la puerta. Emilia debe haber bajado a la calle a por algo. Voy a abrir. Es el cartero que trae multas certificadas.

—Tiene usted un flemón —me dice.

—Pues sí, pero no duele.

—Para que baje hay que ponerse una patata en la cara y se quita rápido.

—Gracias por la receta. Adiós.

Llego al restorán para encargar la cena. El *maître* me mira:

—Tiene usted un flemón.

—Pues en realidad, sí. Pero es un secreto, no se lo diga a nadie.

Se inclina sobre la barra y me susurra al oído:

—Hay que enjuagarse con coñac y unas gotitas de angostura. Infalible.

—Bueno, y si ahora vamos a lo nuestro, qué le parece.

Salgo del restorán y pienso que tendré que ponerme un cartel colgado del pecho:

> TENGO UN FLEMON Y LO SE

Las calles de Madrid revientan de belleza bajo el mediodía primaveral. De repente, las acacias están casi llenas de hojas, y los pájaros pían sin cesar. El aire está claro y limpio y el cielo azul.

Las aceras se han llenado de jovencitas repugnantemente frescas y bellas, estilizadas, cimbreantes, asquerosas. Muchos hombres se han quitado la americana para ir andando a comer al restaurante de la esquina o al banco. Todos los ancianos de la ciudad se han abalanzado solos o acompañados a darse el ansiado garbeo por los paseos y las avenidas. En sus caras y en sus andares titubeantes se aprecia la satisfacción de haber sobrevivido una vez más al odioso invierno.

La gente que va por la calle parece feliz y encantada.. A mí me molesta el flemón, siento las piernas hinchadas, me duele el estómago y me aprieta la cinturilla del pantalón como si en unas horas se me hubiese inflado todo el cuerpo. Es el efecto que tienen sobre mí los antibióticos. También tengo la boca seca y amarga. El jersey y los pantalones me dan un calor espantoso. Qué error no haberme puesto una blusa; pero yo no me imaginaba que hacía esta temperatura.

No tengo que dejarme llevar de mi depre porque me puedo morir, pero de verdad. En el escaparate de una tienda veo una blusa camisera de un tejido que parece seda natural, aunque espero que no lo sea porque entonces estará fuera de mis posibilidades.

Entro en la tienda y pido que me dejen probar la blusa. No es efectivamente de seda natural, sin embargo, es italiana y cuesta un Congo. Me la llevo puesta. Me siento más ligera y más fresquita. Incluso, a pesar del flemón, no me encuentro del todo mal.

Dos hombres vienen hacia mí hablando entre ellos. Uno no está nada mal; es alto, delgado y tiene cara noble y proporcionada.

Cuando acaban de cruzarme oigo que uno de ellos dice:

—¿Te has fijado en esa chica?

Me doy la vuelta. No era yo la que había atraído su atención, sino una monada con traje de chaqueta enta lladísimo y horrenda minifalda que caminaba casi junto a mí y a la que yo ni siquiera había visto. De haberla visto, le hubiera puesto la zancadilla para que se rompiera la crisma. Me consuelo viendo que el hombre que a mí me había parecido potable era, de cerca, un hortera importante con el pelo engominado.

EL GINECOLOGO TAMBIEN ES UN HOMBRE

Por fin llego al portal donde mi ginecólogo tiene su consulta. Está al lado de un restaurante de esos donde van a comer ministros, banqueros y gente importante o que se cree importante. Mi ginecólogo hizo su doctorado en Alemania y practica el horario europeo, lo que a mí me viene estupendamente. Debe ser el único médico de España que pasa consulta a la hora de comer.

Llego puntual y la enfermera muy amable me hace pasar en seguida al despacho lleno de libros y de diplomas. Llevo años viniendo a esta consulta y no ha habido una sola vez que al entrar no me haya dado saltos el corazón. El médico está sentado en su escritorio escribiendo a mano febrilmente. Sin mirarme me dice: «Siéntate». Me siento. De pronto estoy casi temblando de pavor. Sin mirarme me pregunta:

—¿Qué te pasa? ¿Te pasa algo?

—En realidad vengo para la revisión periódica, pero me encuentro bastante bien, excepto...

—Excepto qué.

—Hoy precisamente tengo un día fatal.

Sin dejar de escribir y sin dignarse a mirarme, se sonríe él solo y dice:

—¿Y cuándo no?

En Alemania además de aprender su especialidad y los horarios europeos, también debió empaparse bien de la sequedad y de la brusquedad de algún profesor nazi que tuvo allí.

Abro el bolso y enciendo un cigarrillo.

—¿Todavía no has dejado de fumar?

—Pero, si ya no voy a tener más críos, qué más da que fume o no.

Por fin deja de escribir y se recuesta en el sillón y me echa una ojeada con sus ojos grises y acerados no desprovistos de cierta ironía.

—Tienes un flemón como una catedral, ¿estás menstruando?

—No.

Al menos su constatación de que tengo un flemón va seguida de una pregunta práctica y no de una receta de la abuela.

—¿Por qué estás temblando? Estás temblando.

—Estoy muerta de miedo. Cada vez que vengo aquí temo que me encuentres un cáncer que esté ahí sin yo saberlo.

—No te creas que eres muy original, a todas las de tu edad os pasa lo mismo.

—Cada año que cumplo es un punto que gano en la estadística de poder adquirir un cáncer, reconócelo.

—Pero bueno, si tú me dices que no te duele nada y no te pasa nada, ¿por qué tienes miedo de tener cáncer? ¿Te has encontrado algún bulto en el pecho?

—No me atrevo a tocármelo. ¿Y si me lo encuentro?

—¿Has tomado las pastillas que te di la última vez que estuviste aquí?

—Pues la verdad es que..., no.

—Está claro que a ti lo que te gusta es jugar a la ruleta rusa. Lo pasas fatal, pero te encanta.

Siempre que vengo a este despacho me hago el firme propósito de buscar ginecóloga. Está bien tener que soportar a los tíos en el trabajo, en la cama y en la calle. Pero que el ginecólogo que es la persona a la que hay que confiarse hasta en los detalles más íntimos y terribles, sea también un HOMBRE, es puro masoquismo. Debe haber hoy en día muchas ginecólogas buenas y competentes. Estoy harta de ver la jeta de este tío que se cree superior porque le mete mano a las tías y encima pagamos. Y él adopta ese aire de perdonavidas con nosotras, las pobres histéricas. Me da rabia verle siempre tan pulcro y tan atildadito. Aquí yo me siento sucia y maloliente, me siento culpable de tener flujos, menstruaciones, dismenorreas, hormonas descontroladas y toda clase de bacterias en la vagina.

El, por el hecho de ser un tío, nos debe considerar pobres gentes que recurren a su sabiduría. ¿Cómo puede saber cómo me siento? No lo puede saber porque es un tío, un macho, limpio y aséptico.

Me desnudo furiosa en el cuarto de baño. Prácticamente me tiro en la camilla y abro las piernas de una manera ostentosa. También yo soy una deficiente mental. Un día como hoy, podría haber llamado y anular la cita, que me dieran otra para otro día. Pero es la tercera vez que lo hago. Y de todas maneras, siempre que vengo al ginecólogo me cabreo. Excepto cuando vine con un incipiente embarazo seguro y el buen hombre me ayudó a encontrar una clínica de confianza en Londres. Juré entonces serle fiel de por vida.

—Así a simple vista está todo fenómeno —me dice el doctor hurgándome hasta la garganta.

—¡¡AAAAHHH!!

—Pero qué quejica eres. Un cachito de tejido para la citología, estáte quieta, que te palpe el pecho.

Debería darle dos hostias y un rodillazo en los cojones. No me cabe en la cabeza cómo hay tíos que quieren ser tías, que van de quirófano en quirófano para femineizarse. Qué mal hecho está el ser humano en general, cagoendios.

Sus manos enguantadas toquetean un pecho que ya no es lo que era, hay una flaccidez que no había.

—Hay cáncer o no hay cáncer —digo nerviosa y deseando acabar.

—Ni rastro chica. Es más. Te encuentro mejor y más en forma que la última vez que viniste.

—Naturalmente. Porque no me he tomado las pastillas que me mandaste, por eso.

Me visto en el baño y siento que el flemón súbitamente comienza a deshincharse. Me enjuago con agua y me siento mejor. Tengo hambre, pero me siento otra, más ligera y más optimista. Creo que el miedo al cáncer me ha producido todo un revuelo interior.

Cuando regreso al despacho, él escribe en una ficha, la mía.

—Me vas a tomar, pero esta vez de verdad, unas pastillas que te voy a recetar. ¿Cuándo te pongo el DIU otra vez?

—No quiero más DIU.

—¿Y tomas pastillas?

—No. No sé si te acuerdas que el embarazo que arreglamos era de pastillas. Me puse a morir con las famosas pastillas, y encima, ¡plas!

—¿Y entonces qué haces?

—Nada.

—¿Qué quiere decir nada, que no haces el amor o que no tomas precauciones?

—En realidad no tomo precauciones porque hago el amor de pascuas a ramos. En fin, tomo las que manda la Santa Iglesia.

—Pero si tú eres atea.

—Mira, yo sé que no me voy a quedar embarazada, qué quieres que te diga, lo sé. Sobre todo porque sólo lo hago con Antonio. Si tuviera un amante, entonces estaría al loro. Y no sé si es científico o no lo que te voy a decir, pero al menos en mi caso funciona: yo siempre, en el fondo-fondo, me he quedado preñada porque he querido.

—Perdona, pero no es nada científico y además es una soberana estupidez. Mira tu ficha: En los diez o doce años que llevas viniendo aquí hemos probado todos los anticonceptivos imaginables, porque según tú, cada vez que un hombre te mira fijo, te quedas. Ahora quieres hacerme creer que sólo te quedas cuando quieres.

—Bueno, pues míralo de otra manera. Estoy harta de los anticonceptivos. Además ya me falta poco para no tener que preocuparme por eso, ¿no?

—He visto así de embarazos menopáusicos. Y a ti además te falta tela para que se te retire.

—Es que es horrible. Desde los quince años pendiente del período, oye. Con dolor de ovarios, haciendo el ridículo con los pañales, las compresas y los tampones, con los nervios destrozados durante una semana todos los meses de tu vida. Lo malo es que cuando no te viene es peor. Es la angustia, la incertidumbre, el terror. Claro que tú esto no lo puedes entender.

—Pues mira, lo entiendo. Entre otras cosas, porque sois todas terriblemente iguales unas a otras, decís las mismas cosas y tenéis las mismas preocupaciones y ansiedades.

—Me he pasado de lista, lo siento.

—No, no. El problema vuestro es que no asumís vuestra condición. Es que cada una de vosotras hace un mundo de algo que le pasa a todas por igual. Eso es lo que no me explico. En fin, en realidad, yo os entiendo muy bien, porque ya os habéis ocupado vosotras de explicármelo detalladamente, imagínate en veinticinco años de profesión. Te está bajando el flemón, ¿qué has hecho?

—Lo sé. Pero no te asustes que no me lo he reventado en el baño.

—¿Ves? Eso es muy femenino. Amanecéis con un flemón que a cualquier hombre normal le duraría tres días, sin embargo, a vosotras os puede durar tres semanas o por el contrario seis horas. No sé cómo lo hacéis, pero sé que lo hacéis.

La enfermera entra con el resultado de la citología y se lo entrega al doctor que lo examina atentamente. Me tiemblan las piernas.

—Nada. Pequeños gérmenes y bacterias. Nada.

—Lo dices decepcionado.

—Hombre, tú dirás. A mí lo que me gusta no es hurgaros, sino operaros. Es más divertido operar que escucharos, te lo puedo asegurar. En las operaciones yo puedo veros por dentro sin que me contéis vuestra vida y milagros.

—Pues oye, siento no poder complacerte esta vez.

Es tan bruto este hombre que en el fondo me hace gracia. Por eso vuelvo año tras año, aunque también cada año juro no hacerlo.

—¿Vas a los toros hoy? —me pregunta mientras me levanto para empezar a marcharme.

—Que más quisiera yo. No he ido ni una sola tarde de San Isidro todavía. Ahora tengo que ir al Congreso y después preparar una cena en casa para unos amigos. ¿Por qué no vienes?

¿Por qué pregunto eso? Soy tonta. Igual me dice que sí y me encuentro diciéndole a Antonio: «Amor, te presento a mi ginecólogo.» De momento, Antonio pensará que estamos liados, o por lo menos que este tío me ha toqueteado todo lo que le ha dado la gana.

—Me encantaría, muchas gracias. Pero yo sí voy a los toros y luego hemos quedado con unos amigos a cenar. Te lo agradezco.

A este hombre tan científico y tan raro le chiflan los toros. No es extraño en un cirujano, pero sí en un ginecólogo. ¿O no? Yo qué sé.

DE COMO LAS MUJERES PUEDEN SER TOTALMENTE INVISIBLES

Me paso por la redacción para que mis jefes vean con sus propios ojitos que hoy me cuesta infinito trabajar.

—Sustituye mi página de mañana por otra cosa. Realmente hoy, mira cómo estoy. No puedo ir al Congreso.

El redactor jefe me mira a los ojos:

—Qué pasa, yo te encuentro normal: verdosa-grisácea, ojerosa y desnutrida; normal.

—Pero mírame bien, ¿no me notas nada raro en la cara?

—Te has cambiado el pelo o algo así. Te sentaba mejor el otro peinado.

—Qué dices. Tengo un flemón inmenso y me siento fatal.

—Yo no veo ningún flemón.

—Vaya, pues eres el único habitante de Madrid que no me ha dicho al verme: «tienes un flemón».

Me toco la mejilla y la verdad es que no me lo encuentro.

—Vaya, pues me lo he debido dejar en algún sitio.

—Tú pierdes todo. Eres capaz de haberte dejado el flemón en el taxi.

Abro la boca y señalo con el dedo el fondo derecho de la boca.

—Mia, po dencho, ¿lo vesh todafia? Y me duele un huevo ahora que ha remitido por fuera.

—Mira, Carmencita. No prentenderás que meta la cabeza en la boca del lobo, perdona en la tuya, para verte un flemón. A esta mesa vienen todos los días a contarme que no pueden trabajar porque tienen el período, una cuñada con anginas, les han atracado en el metro o porque un hijo natural hace la primera comunión.

—Vale, de acuerdo.

Me levanto para irme al Congreso cuanto antes. En ocho años, no recuerdo haber faltado al trabajo. Sí recuerdo en cambio haber trabajado bajo los efectos de una tonelada de cafiaspirinas o de una sobredosis de vitaminas, porque el·trabajo es sagrado.

—No te cabrées, que ya estás cabreada. Escucha. De acuerdo, no te guardo el sitio para mañana, pero pasado me haces dos páginas.

Irrumpe en el despacho un compañero, por llamarlo de alguna manera, y pregunta:

—¿Estás ocupado?

—Pues...

—Sólo un momento, mira esto, y dime si no es para echarse a llorar —tira un original en la mesa del redactor jefe.

—Oye, espera un momento que yo ya termino —le digo al intruso.

El redactor jefe pone los brazos sobre el original y nos mira al intruso y a mí alternativamente, pero no dice nada. Tengo que ser yo la que saque la espada primero:

—Oye, colega, al redactor jefe no le gusta, y a mí tampoco, que cuando estamos hablando nos interrumpan sin que él haya dado su permiso.

Pero no funciona, porque SOY YO quien lo ha dicho.

—Perdone, la señora marquesa; yo le he visto que estaba hablando contigo de manera informal y he entrado con mi tema, a ver si ahora hay que pedir audiencia por escrito.

—¡Si en vez de estar yo con el redactor jefe, hubiera sido otro, cualquier otro de la redacción siempre que fuera un tío, claro, tú no hubieras irrumpido de esa manera en el despacho!

—Vamos, Carmen, no saques la cosa de madre.

—¡¿Cómo de madre?! No sólo es de mala educación interrumpir en un despacho sin ser admitido, sino que es de peor educación todavía insinuar que como soy una mujer, se supone que no soy nadie.

El intruso mira al redactor jefe y le hace un guiño. Se ajusta la cintura de los pantalones y dice:

— Hay que ver las energías que gastáis las tías en pelearos gratuitamente con nosotros y en inventaros ofensas imaginarias.

—Si yo hago lo que has hecho tú, entrar e interrumpir una conversación con el redactor jefe, me pones a parir.

—Probablemente, pero por maleducada, no por cuestiones de sexo.

—El problema es que tú no interrumpes cuando el redactor jefe habla con el redactor, únicamente cuando habla con una redactora.

—Carmen, ¿no habías dicho que estabas enferma? Pues vete a casa.

—¿Estás enferma? Vaya, te habrás mordido la lengua en un descuido.

—Adiós guapos. Llevas la bragueta abierta…

Cuando cierro la puerta todavía se están mirando los pantalones.

Recojo de mi mesa unos papeles y los meto en la cartera. Miro a mi alrededor: es un mundo de hombres, hecho para ellos, donde nosotras seremos siempre intrusas y advenedizas. Se nos utiliza, pero no se nos acepta como pares. Se nos tolera, pero como los blancos toleran a los negros en muchos lugares, mientras se mantengan en su lugar, como seres inferiores.

Mientras voy a recoger a Ada que está en la peluquería haciéndose la manicura, pienso que si tengo tanta fama de mal carácter se debe a que me voy dando de hostias continuamente con todo el mundo por defender unos miserables derechos que se dan por sentados cuando se trata de un hombre. Es algo desesperante porque es cotidiano, permanente, repetitivo e interminable. Como la limpieza de la cocina. Se limpia para volverla a ensuciar, se ensucia para volverla a limpiar. El intruso seguirá tratando a sus colegas mujeres con la misma actitud superior mañana y pasado.

Ada está resentida conmigo, como siempre que la dejo una hora en la peluquería, que detesta. Se tira en el asiento trasero del coche y no me habla ni me contesta.

Cuando entramos en casa, va derecha a meterse debajo de un horrendo sofá rococó que Antonio insistió en traerse cuando su madre se quedó viuda y levantó la casa de toda la vida para irse a un chalecito en la Fuente del Berro. Según Antonio, ese sofá que su madre quería, con mucha razón, tirar a la basura, era toda su infancia. Está arrinconado en una zona oscura del *hall* y sólo sirve para que Ada cure debajo de él sus depresiones.

Yo me voy a la cama y me quedo frita en cuanto pongo la cabeza en el colchón y los pies en alto apoyados en la pared. Me despierta el teléfono, pero decido no contestar. A Ada le pone nerviosa oír el timbre, así que viene a lamerme la cara como diciéndome: «Oye, tía, contesta que si no me da algo.» Es una pena que los perros que son tan listos y serviciales no puedan contestar al teléfono.

—¿Estabas durmiendo? —la voz de Antonio es apresurada, como siempre que llama desde la oficina para pedir algo.

—Pues, creo que sí...

—Oye, te habrás acordado de que Miguel no bebe alcohol y necesita litros de zumo de naranja natural.

—¿Cómo me voy a olvidar yo de semejante maniaco?

—¿Avisaste al director del banco?

—Sí, sí. Efectivamente, si no le llamo no te lo hubiera perdonado en la vida.

—Bien. ¿Qué vas a hacer de cenar?

—He preparado un banquete oriental con unos doce o catorce platos que tomó Buda en la última cena.

—¿De qué estás hablando?

—Más que la última cena, creo que fue el último polvo que se echó Buda con Zhiva antes de que llegara Kundalini.

HAY UN SILENCIO AL OTRO LADO DEL HILO

—Antonio, ¿estás ahí?

—Oye, ¿te encuentras bien realmente? —no suena a pregunta afectuosa del tipo de «Amor mío, ¿cómo se encuentra el sol de mi vida?» No, es más bien cerciorarse de que no me estoy muriendo justo cuando me van a llevar a la silla eléctrica.

—Si quieres que te diga la verdad estoy regular.

—Ya.

Su mente de ejecutivo piensa rápidamente la decisión a tomar en casos de emergencia, no importa cuan altas sean las bajas o las pérdidas que ello conlleve.

—¿Por qué no te tomas un par de aspirinas y duermes un rato?

—En eso estaba cuando has llamado.

—¿Avisaste al camarero? Quizá al no estar tú en forma, necesitaríamos avisar a uno más.

—Si acepta ponerse mi traje y mis zapatos y representar el papel, sí, encantada.

—Bueno, y no sé, dime en qué puedo ayudarte.

—¿A qué hora vendrás?

—Pues…, el caso es que estoy superliado y no podré llegar antes de las nueve o las nueve y media.

Es estupendo. Usted organiza una cena para agasajar a sus amistades y llega de invitado justo para cenar, porque tiene a su mujercita que es quien prepara todo, organiza todo y se ocupa de todo; usted sólo tiene que llegar cuando ya la fiesta está en su apogeo.

—A esas horas, hijo, si falta algo ya está todo cerrado.

Ahora le toca preguntar si voy a disecar a Ada.

—Recuerda que Manuela tiene fobia a los perros.

—Los perros tienen fobia a Manuela. Pero no sufras, Ada se pasará la noche durmiendo con una pastilla.

—Ten cuidado con la dosis no la vayas a liquidar a la pobre.

—Qué más quisieras tú que se me fuera la mano y no más Ada.

—¿Ha llamado alguien diciendo que no puede venir?

—Que yo sepa no. Al revés, he invitado a Lola porque llamó hace un rato y…

—¡Has invitado a casa a esa gilipollas! ¡Tú estás loca!

—Lola no es gilipollas, es amiga mía desde que íbamos al colegio.

—Me da igual; es gilipollas.

—Y también lo son Ernesto y Jaime, y bien que los aguanto yo sin decir nada. ¿O es que yo no tengo derecho a invitar a nadie?

—Bien. Está bien. Iré lo antes posible.

Me alegro de haber invitado a Lola. Primero, porque la quiero mucho, aunque cada vez la veo menos, pues como sé que Antonio la detesta, puede que inconscientemente o por no discutir, no busco su compañía. También porque es muy animada, muy extravertida y no tiene una pizca de timidez, es estupenda en las fiestas. Y, sobre todo, porque le jode a Antonio.

Cuando Antonio y yo empezamos a salir, en una borrachera inmensa, Antonio le hizo una especie de pase a Lola, y ella, que sabía que a mí Antonio me gustaba especialmente, le dio dos bofetadas. Desde entonces Antonio ha elaborado una extraña historia acerca y contra Lola que ha ido in crescendo. Al cabo de los años, él mismo se cree sus propias invenciones. Que si es inestable, desequilibrada, que si tiene doble fondo, que si uno no se puede fiar de ella, que si es una «rata», o simplemente que lleva una doble vida y es del KGB. Y todo porque Antonio un día lejano metió la pata haciéndole proposiciones y ELLA LE RECHAZO. Increíble. No hay nadie más derecho y más fiable que Lola. No hay nadie más responsable, realista y noble que Lola. La alegre Lola que, en realidad, es secreta y solitaria, culta y trascendente. Pero los hombres nunca se preocupan en saber cómo es de verdad una mujer.

BELLA, LABORIOSA, SERVICIAL...
Y CALLADITA

Intento volver a dormirme, pero no puedo. Vienen a mi mente la serie de cosas que tengo que hacer en la casa. Poner la mesa para el bufé y para las bebidas, sacar la vajilla, los vasos y los cubiertos, preparar el bar, las bebidas y los aperitivos. Organizar los rinconcitos donde la gente se pueda sentar con su plato a comer. La terraza está preciosa, las plantas en un extraño apogeo primaveral. Muchas de ellas parecían muertas hace sólo un mes y ahora, a finales de mayo, han resucitado milagrosamente. El renacer de la vida y la naturaleza siempre me ha parecido algo capaz de sacudir hasta los cimientos más sólidos del pesimismo mejor fundado. Incluso en la ciudad una simple macetita cumple con la eterna regla del misterioso fenómeno de la primavera, tan simple, tan sencillo.

Si sigo con este optimismo me derretiré. Así que me pongo a trabajar con metódica rapidez, que es como mejor trabajo en la casa. A las siete está todo casi listo. La verdad es que ha quedado todo tan bonito y agradable que no debería dejar entrar a nadie. Dentro de unas horas los manteles estarán llenos de manchas de vino, habrá pedazos de pan por los suelos y restos de comida en los sofás, los ceniceros rebosarán porquería, los muebles estarán llenos de huellas de vasos, los maceteros llenos de colillas. Y alguien, lo sé, alguien dejará un vaso en la barandilla de la terraza y caerá a la calle cuando pase la presidenta de la asociación de vecinos. Si no sucede como el año pasado que Harry, un amigo inglés de Antonio que toca el oboe en la Filarmónica de Berlín, completamente cocido, no pudo resistirse a mear a la ca-

lle, con tan mala pata que cayó encima de los municipa-
les. No terminamos en la comisaría porque al final Dios
siempre protege a los borrachos.

Eso me trae al recuerdo, por asociación debe ser, a
Diego, a Sergio y a Martita. Los echo de menos y se
me llena el corazón de ternura y los ojos de lágrimas.
Sergio cuando nos ve a los mayores hacer bobadas se
azara mucho y adopta aires de perdonavidas, él que puede
llegar a ser el más ganso de todos los gansos cuando se
pone. Verdaderamente se le nota sangre sandunguera y
carioca. Pero siempre con «su gente» como él dice, con
su tribu. En cambio, Diego que en general es más tímido y retraído se apunta a los bombardeos, aunque sean
de mayores. Al revés, por lo que yo he visto, se divierte
más con los carrozas que con los de su edad. La gente
de su edad le produce tensiones y competencias y se
retrae.

A Marta le chiflan desde pequeña las fiestas en casa.
Se pone morada de bailar y de coquetear con los mayores. Como además toca el piano con mucha habilidad se
queda con todo el mundo. Antonio tiene adoración por
Marta porque es la única que ha heredado su amor a la
música, aunque no es hija suya, ni lleva su sangre.

Queda una hora antes de que Emilia y el camarero
lleguen. Me meto en el baño caliente de espuma. Al cabo de unos pocos minutos siento que vuelvo a la vida
de nuevo y que, como a las plantas de la terraza me van
saliendo los brotecitos primaverales producidos por la
savia nueva y briosa. Es tan grande el bienestar que siento
que me voy a quedar frita. Me gustaría saber cuál era
el invento que hizo Vicnicius de Moraes para dormir en
el baño sin perecer ahogado. Leí en algún sitio que el
hombre tenía pasión por la bañera, incluso componía en

ella. Le comprendo. No hay lugar tan pacífico, agradable y acogedor.

Naturalmente, suena el teléfono. Hay una ley infalible que dice que cuando estás sola en casa bañándote tiene que sonar el teléfono o el timbre de la puerta. En momentos de conjunción astronómica adecuada pueden sonar los dos a la vez. Hay una segunda ley que aconseja que cuando esto suceda no hay que hacer ningún caso a los timbres. Sólo que hay personas que no se conforman con ser inoportunas, sino que además insisten e insisten hasta que te rompen las pelotas.

—¡¿Quién es?!

—Hostias, he llamado sin darme cuenta al cuartel de la Guardia Civil, perdón.

—¡Ay, Pepe, perdona estaba en el baño!

—No, si ya conozco tu ladrido cuando llamo en mal momento.

Pepe es uno de nuestros amigos más queridos y un pianista excepcional al que admiro por su arte y su sensibilidad. Es además cultísimo y tiene un sentido del humor ocurrente e inagotable. Y a pesar de que es una eminencia mundial es tierno como un adolescente. Es, en resumen, la última persona en este mundo con la que quiero ser grosera.

—Dime, Pepe.

—No, que decía yo que como mi señora está cantando por ahí, en Japón creo que está ahora, pues decía que si no te importa que esta noche me lleve a mi hermano que está aquí aparcado en Madrid con una orquesta.

—¿Que tu hermano está en Madrid?

Todo lo bueno que tiene Pepe, lo tiene su hermano Roberto en malo. Y naturalmente yo había tenido una aventura con Roberto hace miles de años.

—Ah, pues, cómo me va a importar. Tráetelo. ¿En qué orquesta está tocando ahora?

Roberto era un flautista.

—Pues mi hermanito está ahora tocando en la orquesta del ballet de Leningrado. Tiene un solo, y todo, en Romeo y Julieta.

—Seguirá tan idiota como siempre.

—Pues yo diría que más. Ya sabes que esas cosas con los años van acentuándose.

—Y con lo esnob que es él, ¿cómo se las arregla viviendo en la URSS?

—Estupendamente. En Occidente viste mucho tocar en una orquesta del Telón de Acero y allí le adoran, porque es el único occidental que ha pedido asilo político en la URSS.

—Tráetelo. Que sea lo que Dios quiera.

A todos les sorprendió la cena india que estaba deliciosa y era muy apropiada para una noche primaveral. El suave picante además exigía tener a mano abundantes provisiones de bebida, de forma que a las diez de la noche ya se habían consumido treinta y seis botellas de vino más otras tantas de alcoholes variados, lo cual, entre veinticinco personas, no está mal.

A mí me hubiera gustado que la gente se sentara en pequeños grupos, pero no. Hubo gran trasiego de mesas y sillas hasta que la gente se agrupó en dos grandes círculos. En uno de ellos mi cuñado Federico, que es sevillano, contaba chistes y hacía imitaciones y el personal se desternillaba de risa. Mi hermana Teresa estaba en el otro grupo liderado por Antonio que exponía su teoría sobre por qué hay que devaluar la peseta. Teresa estaba seria y callada y fumaba como un carretero. Me senté al lado de ella.

—¿Qué te pasa? ¿No dijiste que habías dejado de fumar?

—Es que me pongo mala de ver a ese gilipollas haciendo el payaso. En todas las fiestas es igual, tiene que hacer su numerito sevillano de contar todo el repertorio de chistes.

—La verdad es que lo hace muy bien y tiene mucha gracia. Y además a él le divierte. Déjale.

—Si yo le dejo. Pero me pone mala, qué quieres. No puede hablar como todo el mundo, tiene que ser el centro de atención.

De repente, llega a mis oídos una frase que está diciendo Antonio:

—…, porque en este país, nunca hemos estado peor y, o el Gobierno toma medidas muy serias o todo se va al garete.

—Pero, ¿de qué país estás hablando? —digo sin poderlo remediar.

—De cuál voy a hablar, no voy a hablar de Camboya, hablo de éste.

—Hombre Antonio yo creo que quizá exageres —dice un tío que es economista y que trabaja en Hidrocarburos o algo así—. Hay problemas, pero tanto como para irse al garete…

—A mí me parece que, por lo menos nosotros, vivimos bastante bien. Y en general el nivel de vida ha aumentado no sólo en cantidad, sino en calidad —digo sirviéndome vino.

—Pero qué dices. No digas estupideces, pero tú qué sabes y de qué nivel estás hablando. El hecho de que TU vivas mejor no quiere decir que EL PAIS viva mejor.

—A las cifras me remito y además no creas que me interesa mucho el tema tampoco.

—¡Pues entonces no hables! ¡Si no sabes lo que dices ni tienes datos, no hables de lo que no entiendes un pito!

Hay una violencia en las palabras de Antonio, en su tono de voz y en su manera de agarrar la botella de vino que me produce un estremecimiento en todos los nervios de mi cuerpo. Hay además un silencio. Por encima de la ira siento envidia del grupo de los chistes que ríe y se divierte. Miro hacia dentro y veo al camarero afanándose en recoger los platos sucios. A pesar del vino que llevo en el cuerpo, veo el peligro ante mí perfectamente. Me levanto y le digo a Teresa:

—Ayúdame a traer el postre, que está realmente exquisito.

Me voy hacia la mesa del bufé y me afano con los platos y los cubiertos, pero no puedo retener las lágrimas que afloran convulsivamente.

—Anda, vete al baño que yo me ocupo de esto —oigo la voz firme de Teresa—. Se te va a correr el rimel y va a ser peor.

—¿Por qué siempre me hace esto? ¿Por qué me deja en ridículo cada vez que abro la boca?

—¿Y tú? ¿Por qué te tomas todo tan a pecho? Parece como si no lo conocieras. Es como todos. No les gusta que intervengas llevándoles la contraria cuando ellos están hablando.

—Vivimos en sociedad y eso quiere decir que nos tenemos que aguantar unos a otros. Cuando el idiota de Roberto dice sandeces yo sonrío y le contesto.

—Hay unas reglas que...

—Pero Tere, ¿qué reglas? Las que dictan ellos o qué.

—No sé. Tienes razón, pero llorar no te lleva a ningún sitio en este momento. Mira, Antonio te quiere.

—¡¿Qué me quiere?! Me trata como un pingajo delante de todo el mundo, ¿eso es querer? Yo creo que querer incluye respeto.

—Cómete una bola de Buda de éstas que están de pecado mortal y ya verás como dentro de cinco minutos te importa todo un bledo.

Me siento herida en algún sitio de mi cuerpo. Siento un dolor difuso.

—¿A que están buenas las bolas de Buda?

—Exquisitas. Tere, ni tú ni yo somos tontas. ¿Por qué quieren que nos comportemos como tontas?

—No creo que sea el momento de analizar en profundidad el problema hombre-mujer. Creo que ahora de lo que se trata es de que no te vean con el rimel corrido.

—Poco después de casarnos, invitamos a unos amigos a cenar y Antonio, que estaba esa noche de mala leche por no sé qué negocios que no le habían salido muy bien, de repente se levantó y dijo que se iba a la cama. Y se fue. Eso es lo que debería hacer yo esta noche.

—Ya. Pero no lo vas a hacer.

—Pero ésta me la paga. Eso te lo puedo jurar.

Cuando Antonio llegó a casa, había ya gente tomando el aperitivo. No se fijó, claro, en lo bonito que estaba todo, ni en mi vestido, ni siquiera me saludó. Normalmente llega a casa al terminar una jornada agotadora, anuncia que ESTÁ MUERTO por si a mí se me ocurre proponerle alguna salida o algún esparcimiento extraño. Y después de tomarse una copa y ver un rato la tele se arrastra a la cama en estado de precoma. Hoy ha llegado sonriente, sociable y encantador y se ha unido a la fiesta con el mejor espíritu.

—De lo que deduzco que llega a casa MUERTO cuando en ella estoy sólo yo. Soy yo quien le produce ese estado de MORIBUNDEZ.

—Hermanita, te veo furiosa y eso me gusta. Puedes empezar a tirar platos por la terraza, al fin y al cabo son tuyos.

La fiesta estaba otra vez en su apogeo. Lola y Roberto bailaban un desenfrenado ritmo brasilero. Y otras parejas se animaban a imitarlos. Saqué la pipa de la paz y me acerqué a Antonio por detrás, le puse las manos en los hombros moviéndome al ritmo de la música.

—¿Bailas?

Se volvió sorprendido y me miró. Su cara era seria y sus ojos fríos y distantes. Era como si en lugar de invitarle a bailar le hubiera invitado a tirarnos por la barandilla de la terraza al vacío.

—¿No ves que estoy hablando?

—Pero no estamos en un congreso, esto es una fiesta y hay que bailar —dije creo que sonriente, pero no lo podría jurar.

No se digna contestarme, se da la vuelta y sigue con el rollo de la macroeconomía sectorial y las importaciones. Y la herida me vuelve a doler.

—Ahogando tus penas en alcohol, eso no es una buena solución —me dice Pepe que se ha acercado al bar—, pues no hay duda de que te ayudará a dormir.

—En realidad no tengo problemas, Pepe. ¿Por qué no tocas algo al piano?

—Porque si toco ahora un vals de Chopin, tu amiga Lola me puede asesinar.

Me hace gracia que Pepe siempre diga Chopin, como suena en castellano, y no «Chopan» o «Chopen» como dicen los locutores de la radio.

—Pues toca algo más animado.

—Lo más animado que sé es un concierto de Rach-
maninof y necesito orquesta. Además, creo que tu amiga Lola y Roberto han ligado.

—Pepe, dime una cosa, ¿tú mandas callar a tu señora cuando ella opina de algo?

—Sólo la mando callar cuando canta.

—Pero hombre, si es cantante de opera, no jodas.

—Ya, pues por eso. Cuando se mete en la cocina a
hacer migas y canta, le digo: «Las mujeres en la cocina
no cantan, así que te ruego que lo hagas en el escenario,
que para eso te pagan.»

Súbitamente siento náuseas. Pero náuseas físicas. Por
el pasillo me acuerdo que he estado tomando todo el día
antibióticos y los he regado con abundante vino.

Vomitar sin duda es bueno. Pero deja destrozados los
músculos del tórax y del abdomen. Tengo tentaciones
de meterme en la cama, pero aunque es la una, aún hay
fiesta para rato, porque no se ha ido nadie. Por ello decido rehacer la fachada lo mejor que pueda y volver al
tajo, ahora para pasarlo bien. Todo esto me ha pasado
por no bailar, que es lo que a mí me gusta y me sanea
por fuera y por dentro.

Mientras me pinto el ojo de nuevo, oigo que se abre
la puerta del dormitorio. Entra Antonio derecho al baño.

—¿Qué tal? —pregunto alzando la voz para que me
oiga.

NO ME CONTESTA. Oigo el chorro del pis.

—¿Qué haces? —me dice cuando sale del baño y me
ve pintándome en el tocador—. ¿Ahora te estás arreglando?

—Retocando el maquillaje un poco.

—Estoy deseando que se vayan porque estoy muerto.

—Yo creo que lo están pasando muy bien. Y ha salido todo a pedir de boca.

—No está mal...

—Pero Antonio, ¿qué te pasa? ¿No te encuentras bien?

—Perfectamente.

—Estás enfadado conmigo. Eso es lo que te pasa.

—No estoy enfadado, es que no te comprendo. No comprendo tus cambios de humor, tus altibajos ni lo que tienes contra mí muchas veces.

—¿Yo contra ti? Antonio...

Coge un cepillo del tocador y se lo pasa por el pelo. Tiene que agacharse para verse en el espejo. Le miro a los ojos y tiene su mirada pesada producto del alcohol que tan profusamente hemos consumido.

—Tu amiga Lola ha amenazado con hacer un *strip-tease*.

—No jodas.

—Te dije que no la debías haber invitado.

—Lo siento, lo siento mucho.

—¿Qué sientes?

Siento que estés enfadado, haberte ofendido, siento haberme sentido ofendida, siento molestarte, siento existir...

—Te quiero mucho Antonio.

—Creo que voy a conseguir que me den la licencia para importar los pianos, finalmente —dice sonriente.

—Eso es lo único que te interesa, ¿verdad?, los pianos.

—Y las guitarras y los acordeones.

—Ya.

Sale de la habitación canturreando. Vuelvo al baño a lavarme las manos y veo que Antonio, siguiendo su costumbre, ha meado fuera de la taza. La ira me invade.

El jefe ha vuelto a dejar su señal inequívoca de dueño del territorio. Me juro a mí misma que a partir de mañana empiezo a buscar un apartamento para irme a vivir yo sola de nuevo. No quiero más complicaciones emocionales, no quiero seguir sintiéndome una mierda todo el rato. Añoro mi soledad, mi libertad, mi independencia.

SIEMPRE HACIENDO MERITOS

Ha pasado una semana de la fiesta y yo he atravesado por veinticinco estados emocionales distintos.

De la tristeza a la ira, de la indiferencia al pánico, del cabreo a la rabia y de ésta a la tristeza de nuevo. En el fondo, cada mañana espero que llegue al fin la serenidad y lo arregle todo. Pero no llega nunca. Cada mañana me trae una nueva indignación o un nuevo abuso. Hay una falta de sincronía entre Antonio y yo exasperante. Cuando él está de buen humor yo estoy deprimida, y cuando yo estoy alegre y abierta él está preocupado y sombrío.

Tengo la sensación de que me chupa la energía, me vampiriza. Por eso cuando yo estoy alegre él está triste, y mi alegría no dura, porque él se la lleva y me vuelve a dejar vacía y débil.

Pienso que él podría decir lo mismo de mí, que yo le chupo vitalidad. Pero hay una diferencia. El no se pone triste por culpa mía, ni tampoco se pone alegre por mí. Lo que a él le modela el estado de ánimo son sus negocios, su trabajo. En cambio, a mí lo que me afecta es Antonio. Esa es la gran diferencia, ese es el abismo que nos separa y que jamás podré rellenar con nada sólido.

Me veo dando vueltas en una espiral sin fin a merced de fuerzas centrífugas y centrípetas que yo no controlo. Es una sensación terrible de impotencia y sordidez.

La primavera está entrando en el verano. De día hace mucho calor, pero de noche el frío acecha. Es todavía la época en Madrid en la que hay que tener a mano el vestuario de verano sin guardar el de invierno. Es la metáfora de la vida. Yo pensaba que con la edad y quizá con Antonio podría guardar definitivamente sentimientos como la inseguridad y la soledad, pero no. Vuelven insistentemente a ocupar su lugar en el armario.

No salgo de casa más que para ir al trabajo. Fuera de casa estoy simpática y alegre —dentro de mi gama natural que no es muy alta. Sin embargo, en casa suelo estar apagada y silenciosa, entre otras cosas porque últimamente casi siempre estoy sola. Antonio o regresa tarde o está en viajes rápidos de un día o dos. No hay enemistad ni rencor entre nosotros, hay simplemente una indiferencia que a mí me resulta insoportable. Intento portarme lo mejor posible. Estoy atenta a los deseos de Antonio, a sus comodidades, a sus exigencias. Le hago el equipaje, se lo deshago y no le doy el coñazo con mis temas, le escucho cuando habla y hago coro cuando no habla.

Las mujeres nos pasamos la vida haciendo méritos. Primero con papá, luego con los profesores y después con los novios y los maridos. Tenemos que merecerlos. Hacemos esfuerzos sublimes para que nos encuentren no sólo bellas y apetitosas, sino también, claro, encantadoras y brillantes. Esperamos de ellos que nos digan «TE NECESITO».

Estoy hasta los cojones. Hoy me he levantado saturada de sensaciones, mis famosas sensaciones. Hoy siento que necesito acción, movimiento, trepidación.

Llamo a la oficina. Antonio no está. Estará follando con una negra, pienso. Pues que me llame a casa urgente cuando vuelva. Antonio detesta que alguien le llame «urgente», porque dice y con razón, que la llamada siempre es urgente para el que llama, nunca para él. Vuelvo a llamar y pido que cuando vuelva Antonio que no le digan nada, que ya llamaré yo otra vez, que no es realmente importante. Pero Antonio acaba de entrar por la puerta y se pone al teléfono:

—Qué pasa —me dice exigiendo con la voz que sea breve y no me enrolle, pues tiene mucho que hacer.

—Pensaba que, si no tienes ningún compromiso, podíamos comer juntos en alguna terraza agradable. Como hace tan buen día...

—Yo tenía una comida, pero no sé si la han confirmado o no. Acabo de llegar del notario.

Su voz es de sorpresa no exenta de cierto agrado.

—Bueno, cuando lo averigües me llamas a casa.

Estoy hiperexcitada. Me pongo a tirar los periódicos viejos y a ordenar papeles. Pienso en lo que me voy a poner. ¿De verano, de invierno? ¿De negro en plan serio o de blanco en plan virginal? ¿De sport, MUJER-QUE-TRABAJA o señora seductora? Es difícil porque éste no será un almuerzo ni de trabajo, ni sentimental, ni amoroso.

Al fin y al cabo llevamos días y días en que Antonio sólo me ve en pijama, así que cualquier cosita que me ponga le sorprenderá. Yo no tengo aún muy claro qué es lo que voy a decir, ni hacer. Sólo sé que un almuerzo atípico puede desencadenar algo, bueno o malo, pero algo, ¡ALGO, CIELOS!

Han pasado treinta y cinco minutos desde que hablé con Antonio y el cabrón no llama. Se le ha olvidado, seguro. Pues se va a enterar. Naturalmente, si yo en lugar de ser su mujercita fuera la vicepresidenta de un banco, no me tendría esperando, no se le hubiera olvidado. Claro qué si fuera la vicepresidenta de un banco, no estaría llamando a Antonio para comer.

—¡Huy, acaba de salir! —me dice la meliflua voz de su secretaria nueva, a la que yo llamo Continente porque nunca sé si se llama Africa, América u Oceanía. El problema es que el mote, como todos los motes en este país, se ha propagado y todo el mundo la llama en la oficina Conti, y ella me detesta, pues sabe que fui yo la autora del desaguisado.

—¿Ah, sí? ¿Y dónde ha ido?

—Espere un momento que voy a ver si alguien lo sabe.

Me sorprende oír la voz de Antonio.

—Oye, que sí, que comemos si quieres. Vente por aquí y me recoges.

—Ni hablar. Quedamos directamente en el Erizo Castrado a las dos y media —no estoy de humor para ir a la oficina y dar besitos y apretones de mano a todo el mundo.

—Comí ayer allí.

—Pues yo hace dos años que no voy y me apetece. Invito yo.

Mientras me visto me doy instrucciones a mí misma:

—Tienes que estar encantadora, coqueta, frívola, divertida y si la cosa se pone a tiro, cariñosa y seductora. En cualquier caso, nunca debes entrar al trapo de sus ordinarieces ni tirarle la jarra del vino al primer bostezo, ni dejarte llevar por la menor provocación. Debes estar atenta y no clavarle el tenedor en la yugular cuando eructe. Discreta, distante y distinguida, ese es el secreto, y un poco misteriosa.

Me pongo vaqueros, jersey negro, una chaqueta negra de un diseñador que por el precio de su ropa debe diseñarla con los muñones, que sienta muy bien, zapato plano exquisitamente caro, y me suelto el pelo.

QUIEN FUESE UN TIO

El Erizo Castrado está a dos pasos de casa, pero como hay aparcador no puedo resistir la tentación de ir en mi coche. No quiero quitarle el placer de montarse en mi descapotable descapotado. Son como niños.

Llego diez minutos tarde, pero, naturalmente, Antonio no ha aparecido aún. El siempre tiene que hacerme esperar. Es como la norma de la casa desde que nos conocimos. Si pudiera vender todo el tiempo que le he esperado en bares, cafeterías, restaurantes, aeropuertos, esquinas, bancos, notarías y en casa sobre todo, sería multimillonaria. Presume de ser puntual y lo es, excepto cuando queda conmigo, sólo recuerdo una vez en la que él haya tenido que esperarme.

Me siento en la mesa porque me revienta hacer barra. Pido una copa y enciendo un cigarrillo sin fijarme mucho en las mesas de alrededor. Hay mayoría aplastante de hombres. Hombres con buena pinta y bien vestidos, bien bañados y bien afeitados. Algunos incluso ya tostados por el sol. Hablan y comen con soltura y seguridad en sí mismos. Deben estar diciendo cosas muy inteligentes y muy agudas a juzgar por la atención con la que sus colegas escuchan, asienten o contestan.

En una mesa grande un grupo de tíos y una mujer. Tienen pinta de ser publicitarios porque visten con un toque de fantasía. Tirantes, corbatas llamativas, un par de ellos llevan barba y uno incluso un pendiente. Publicitarios o de una casa de discos. La mujer de mi edad, muy gorda aunque guapa de cara y bien arreglada, escucha y no habla, se limita a comer y beber.

La imagino luchando a brazo partido en la empresa para no dejarse apabullar, para no dejarse arrollar, para ser la mejor, no cometer errores ni tener debilidades. De ahí su comer compulsivo y su gordura. Pero ella ha elegido. Primero su carrera y luego lo demás. Es injusto, ellos están esbeltos y sanos, ellos para triunfar no necesitan renunciar a nada. Somos nosotras las que tenemos siempre que renunciar a algo. O tu carrera o tu físico. O tu matrimonio o tu trabajo. O un marido triunfador al que no ves nunca o un marido mediocre que está siempre a tu lado.

Pido otra copa y me juro que si tarda Antonio diez minutos más, me largo. PEQUEÑA CONTRADICCION: UNA COPA NO ME DURA DIEZ MINUTOS. Si la pido es porque estoy dispuesta a esperar más. Esa contradicción entre lo que pienso y lo que hago sin pensar me asusta, siempre me ha asustado.

Antonio entra en el salón, pero se dirige rápido a una mesa en la que hay tres hombres mayores a los que saluda con efusividad. Uno de ellos no se levanta. Debe ser paralítico o excepcionalmente importante. Pasan los minutos y la conversación continúa y yo sigo esperando. Por fin, Antonio me ve y me hace una seña, le envío una sonrisa gratis. Estoy un poco mareada, dos copas en ayunas es mucho para mí, que hace días que no pruebo el alcohol para nada.

Me pongo a estudiar el menú y me bailan las letras.

—¿Qué tal? ¿Hace mucho que estás?

—No. Acabo de llegar.

Como en los restaurantes finos te quitan constantemente el cenicero y las copas vacías, no hay rastro que traicione mi mentira.

—¿Tomamos un aperitivo? —Antonio está de buen humor y locuaz.

—Yo creo que no. Pasamos al vino directamente, si te parece —le digo sin mirarle, no vaya a ser que me lea en la cara, que a veces lo hace.

—¿Sabes quién es aquel que está allí?

—¿El paralítico?

—No es paralítico, es el director general de Comercio Exterior.

—¡Ah! —estoy muy impresionada—. Como no se levantó a saludarte, pensé que era paralítico.

A Antonio siempre le han desconcertado mis sorprendentes ironías. El las llama gratuitas porque las suelto sin prevenirle. Se supone que debo avisar: «Oye, atiende que voy a decir una ironía, a la una, a las dos y a las tres.» No es ningún talento especial, es un puto gene que me pasó mi padre.

Después del laborioso trabajo de pedir lo que vamos a comer y el vino que vamos a beber, nos quedamos frente a frente.

—¿Qué tal?

—¡Bien! ¿Y tú qué tal?

—Bien. Lo de siempre. Mucho trabajo.

Me está mirando, pero no va a decir eso de «Tienes buen aspecto», o «Te sienta bien esa chaqueta». Yo creo que me mira y no me ve.

—Tienes buen aspecto —le digo automáticamente.

—Pues me ha dicho hoy Alfonso que tengo mala cara, que se me han pronunciado las ojeras.

—Yo no te veo con ojeras. Yo te veo incluso guapo.

—Venga, no digas chorradas, que no estoy de humor.

—¿Puedo preguntar para qué estás de humor?

El camarero nos pone el primer plato delante. Antonio empieza a comer compulsivamente como si tuviera prisa o mucha hambre.

A mí se me está quitando el apetito totalmente. Pruebo el cóctel de aguacate y está demasiado salado.

Esta vez no voy a ser yo la que empiece a hablar. Con lo cual no hablamos. El termina su ensalada de cangrejos sin pronunciar una sílaba. El camarero retira los platos vacíos y sirve vino.

SILENCIO

El camarero trae los segundos.

SILENCIO

No puedo más:

—Escucha, Antonio. Si estás preocupado o incluso enfadado conmigo por algo es mejor que me lo digas.

—No estoy ni preocupado ni enfadado.

—Ya. Entonces estás normal.

—Yo sí. Eres tú la que no estás normal.

—¡¿Yo?!

—Llevas una temporada rara. Y hoy me invitas a comer, supongo que para decirme algo y ahí estas clavada, sin soltarlo.

—Te he invitado a comer porque no nos vemos nunca. No tengo nada especial que decirte, pensaba que sería una buena idea que comiéramos, nada más.

EL SILENCIO ME MATA

Pongo la servilleta en la mesa.

—Antonio. Yo comprendo que es difícil decirlo, pero si tienes una amante o si quieres separarte, yo no creo que sea una persona demasiado bruta, lo entendería, dentro de mis posibilidades. ¡Lo que no soporto es esta situación idiota, de indiferencia, de banalidades y de disimulos!

—Baja la voz, que estás llamando la atención.

—¡Me importa un pimiento llamar la atención!

Intento tener calma. Retiro la silla, cojo el bolso y me levanto.

Voy al baño y cierro la puerta detrás de mí, pero vuelvo a salir. No puedo soportar volver al comedor. Salgo a la calle y echo a andar. Vuelvo sobre mis pasos y entro de nuevo en el restaurante. Antonio no está en nuestra mesa. Está sentado en la de los tres señores mayores que saludó cuando entró, en animada charla.

Me siento en nuestra mesa y apuro el vino. Pido profiteroles con chocolate caliente de postre. Me pasma la indiferencia de Antonio. Su matrimonio se va a pique, pero a él no le preocupa, no será eso lo que le quite una noche de sueño.

Regresa a la mesa. Algo ha pasado porque me agarra una mano con la suya.

—¿Por qué te tomas esos berrinches tú sola? No tengo una amante ni quiero separarme. No entiendo por qué te pones así.

Las migajas de afecto que me da Antonio me hacen sentirme mejor.

—Es que no me soporto a mí misma, soy una inválida emocional, que necesito que me demuestren que me quieren constantemente. Soy una mierda.

—No la tomes ahora contigo. Yo creo que eres estupenda.

—Sería estupenda si fuese un tío. ¡Quiero ser un tío!

—¿Tomarán café los señores? —juraría que el camarero se ríe.

—Un poleo y un café, por favor.

El camarero pone delante de mí el poleo y de Antonio el café:

—¡Quiero ser un tío, Antonio, quiero ser un tío, un hombre!

> ¡QUIERO SER UN TIO, ANTONIO, QUIERO SER
> UN TIO, UN HOMBRE!

Impreso en LITOGRAFÍA ROSÉS, S. A.
Progrés, 54-60. Polígono La Post
Gavá (Barcelona)